後宮の男装妃、霊廟を守る

佐々木禎子

双葉文庫

後宮の男装妃、霊廟を守る

前章

華封（かふう）の国——南都（なんと）。

後宮の東北の外れに、広い池がある。

後宮の池や川、山にはそれぞれに美しい名前がついているのだが、この池だけは無名であった。

そして無名の池の中央に浮かぶ島も、また、島としての名を持たない。

——霊廟（れいびょう）だからだ。

島まるごとすべてが、歴代皇帝の魂を祀る霊廟であるがゆえだ。

霊廟に辿りつくためには、無名の池の上にかけられた雲を彫刻した石の拱橋（きょうきょう）を渡るしかない。

その石造りの弓なりの形をした橋の、いちばん高い場所を、男が歩いている。

長い黒髪は一部を束ね、背中に流していた。月の光を砕いて混ぜこんだかのような白く滑らかな肌。切れ長の双眸（そうぼう）。高い鼻梁（びりょう）に形のいい赤い唇。

花の精かと思わせる美貌の主だ。

白の寒椿を一輪、手に携えて歩く姿も美しく、一幅の絵のようであった。

絹の広領衫に、白地に金糸で流れる水の刺繍をほどこした直領半臂を重ね、金の帯を巻いた彼こそが義宗帝——華封の国を治める皇帝である。

「陛下。また、お供も連れずにおひとりでふらふらと歩いてまわって。どうしていつもそうなんですか。太監が陛下のことを捜してましたよ」

義宗帝を追いかけて、橋を駆けのぼったのは——張翠蘭。

水月宮の昭儀である。

彼女は後宮の宦官を束ねる太監に命じられ義宗帝を捜していた。

義宗帝の寵姫である翠蘭は、常に男装姿だ。髪は邪魔にならないようにひとつに結わえ、二月のこの時期が盛りの花である水仙の刺繍を袖と襟にあしらった短い袍と下衣を身につけ、絹の帯を締めている。

翠蘭は妃嬪の身ながらも、義宗帝に認められ、神剣を賜った。

ときによっては帯剣をして後宮内を闊歩する翠蘭の姿は颯爽として涼やかで、妃嬪や宮女たちのなかには翠蘭に憧れを抱く者もいる。

宦官を除いた男性はただひとり「皇帝のみ」という後宮のなかで、男装の麗人は目立つのだ。

「ふらふらは、していない。私は常に、しっかりと歩いている」

義宗帝が橋の中央で振り返り、追いついた翠蘭を見下ろしてひややかに告げた。

姿勢よく胸を張るその言い方は、子どもが意地を張って物事を主張するときの様子に似ている。

儚げで神秘的で美しい見た目と冷酷無比な決断力を持つ義宗帝だが、言動は往々にして子どもっぽい。

困ったことにそれが彼にある種の魅力を与えていた。

義宗帝は、たまに、とてもかわいい。

「そういう話ではないんです」

「ではどういう話なのだ」

いかめしく聞き返され、翠蘭は思わず漏れそうな吐息を喉の奥に押しとどめる。

――陛下は、いつもこう‼

どうでもいいところで、だだをこねる。皇帝陛下に対して「だだをこねる」という言い方をするのは畏れ多いが、それ以外に表現しようがない。

「どういうって……ひとりで出歩かないでっていうお願いです。早く戻りましょう」

ふたりの会話はうまく嚙みあっているようで毎回絶妙にずれている。しかしすれ違い続ける会話を幾度も交わしてきたせいで、翠蘭は彼との会話のずれ具合に慣れてしまった。

おおよそのことを勝手に把握し、納得する。

「私は龍の霊廟に用事がある。他の霊廟と違い、龍の霊廟は、代々の皇帝とその縁者しか足を踏み入れてはならぬとされている。あの、どこであっても小言交じりでついてくる太監も、霊廟のこの島に私を追いかけてきたことはない。昨日も私はひとりでここに来ている」

橋の下の池の水が、冬の終わりの曇天の錆びた銀の色を弾いて鈍く光っていた。

「だったら太監のかわりに私がついていきます。私、陛下の縁者ですよね。妃嬪なだけではなく、陛下の唯一の愛玩動物であり、剣です」

義宗帝が目を瞬かせた。

「自ら、私の〝唯一の〟愛玩動物であると言うようになったか……。己の愛らしさに誇りを抱くのは、よいことだ」

「まさか」

そうくるとは思わなかった。

「そなたが伽を望むなら〝唯一〟の寵姫の座を与えるつもりだよ」

流し目でそう言われ、翠蘭の胸がとくとくと鳴った。

義宗帝は己の造形の美しさを使いこなしている。艶っぽい笑顔で、思わせぶりなことをささやかれる度に、男性に対しても恋愛に対しても免疫のない翠蘭は動揺してしまうのだ。

「遠慮します」

と即答した翠蘭に今度は爽やかな笑みを見せ、

「神剣を持つ者は私の縁者と呼べないこともない……か？　さて、どうだろうな」

義宗帝が思案するように、つぶやいた。

「どうもこうもなく、私は陛下の縁者です。もう、充分すぎるぐらい、陛下に関わってしまっています」

翠蘭は後宮に嫁いで以降、なにかと義宗帝に振り回されている。

——私が縁者でないとは、言わせない。

強い口調で語る翠蘭を、義宗帝が淡く笑って見返した。

是とも否とも、どちらにでもとれるような曖昧（あいまい）で美しい微笑みである。

「陛下、私、その笑い方好きじゃないです。目は笑ってないのに、口だけ笑っていて。それで顔全体が綺麗で優しい。嘘みたいな笑い方です」

無礼な物言いである。

が、翠蘭はそれを義宗帝に許されている。

思ったままを口にすると、義宗帝は今度はきちんと心から楽しそうな笑顔になった。

「そなたは私の笑い方にまで文句を言う。無礼者め」

淡々とした口調だが、怒ってはいない。

「はい。陛下は、私が無礼で乱暴であっても許してくださる。それを信じられるようになりましたから」

「………」

「私は、どこであろうが、陛下の後ろをついていくんです。——ほら、歩いてください。こんなところで悠々と立ち止まって時間を無駄にしないでください」

言い募る翠蘭に、義宗帝は真顔になる。

「無駄な時間など、この世には、ない。そんなことも知らないとは——そなたは愚かな剣だ」

「剣は愚かでもいいんです。剣を振るってくれる持ち主が賢くて正しければ、それで」

「ふむ。そなたの持ち主である私の資質こそが大事だと言うのか。それはたしかに一理ある」

翠蘭は、その先の言葉を待って、黙った。

けれど聞きたい言葉が出てこなくて、つい翠蘭はむきになる。

「もうっ。こういうときこそ、いつもみたいに〝案ずるな〟って言ってくださいよ‼」

義宗帝は、よく、翠蘭に「案ずるな」と言う。

なのに今回はそのお決まりの言葉が出てこない。

案じる必要はない——自分は賢くて正しい主であると、そう言ってくれたら翠蘭は笑顔で「はい」と応じただろう。

翠蘭にくってかかられた義宗帝は無言で小さく笑い、くるりと前を向いて歩きだす。

笑ってみせたということは、どうやら翠蘭をからかったつもりらしい。義宗帝の冗談は、難しい。

翠蘭は、義宗帝のわずかに後ろを、ついて歩く。

彼は、どんなときでも、翠蘭が自分の後ろをついてくることを信じている。そして、翠蘭は、彼のその期待に応えようと決めている。

――いつのまにか、そう決めてしまったのよ。

たとえ「もうついてくるな」と口で言われようとも、絶対に、地の果てであろうともついていこうと決めているのだ。

「龍の霊廟に祀られているのは歴代皇帝の像だけだ。私はこの霊廟でなにかを祈ったことはない。ただ、ここはいつでも静かなのだ」

翠蘭は、語りだした義宗帝の背中をじっと見つめる。

――歴代皇帝たちの墓は、別にある。

歴代皇帝の亡骸(なきがら)はすべて後宮の東北の山のふもとにある大理石造りの墓所に安置されていると聞いている。

後宮の宮女や宦官たちの墓所と霊廟も、歴代皇帝たちの墓所の側にある。

龍の霊廟は、墓所とはまた別なものなのだ。

「龍の霊廟の島に入るための橋はひとつ。この時間なら誰かとすれ違うこともない。考え事がしたいとき、私はここに来る。この霊廟は私にとっては数少ない安らぎを得られる場所だ」

橋を渡ると金と朱と緑で彩られた立派な門があり、『龍廟』としるされた扁額（へんがく）が掲げられている。

「龍の文字があるだろう？　ここが歴代の皇帝の廟だというしるしだ」

翠蘭が扁額を見上げたのと同時に、義宗帝が言う。背中に目でもついているのか。

華封の建国伝説によると、華封の初代皇帝は龍であり、歴代皇帝は龍の一族であると言われている。

龍廟の名の通り、門をくぐってすぐに飾られているのは龍の像と龍が描かれた壁画であった。

向かって左は塀で区切られ、石畳の道は右につながっている。

歩いていくと、朱塗りの柱に金と銀の龍の飾りを施した儀門があった。

扉は三つ。真ん中の正門だけが開いていて、右と左は閉じている。正門は神と皇帝が通る門とされているため、翠蘭は義宗帝から離れ、右の門を開けた。

儀門を抜けると、屋根に魚の鴟尾（しび）を飾った殿舎が見える。

風が、吹いた。

何かがいぶされたような、煙の臭いがした。誰かが火を使ったのだろうと、気にも止めずに翠蘭は足を進める。

どこの霊廟でも、訪れる者が冥銭を燃やすから、だいたいいつも煙の臭いがするのだ。

華封では死者たちに捧げる供物を火にくべる。

冥銭とは、銅銭を模した紙である。冥府に留まる故人たちが冥界で金に困らないようにと、燃やすために作った紙の偽物の銭だ。

故人に手向けるために鉄の鍋に入れて燃やされるのは、冥銭だけではない。贅沢な大邸宅や、立派な馬や羊も紙で模して、火にくべる。故人がひとりで寂しくないようにと美男美女を描いて「恋人」と名づけて燃やすこともある。

そのとき――。

義宗帝が、翠蘭の腕を掴み、ぐいっと後ろに引いた。

気づけば翠蘭が義宗帝の先を歩いていた。

先に立つ無礼を咎められたのだろうと首をすくめた翠蘭に、

「……煙たい。だから、昭儀、私の後ろに」

義宗帝が険しい顔でそう告げた。

「霊廟は、いつだって煙たいものじゃないんですか？　みんな冥銭を燃やすでしょう？

霊廟って、先祖が冥府で豊かな暮らしができるようにって、誰かしらが、しょっちゅう、いろんなものを紙で模して燃やしてますよね」

翠蘭の言葉を聞き、義宗帝が不思議なものを見るような顔をした。

「まさか……龍の霊廟で冥銭を燃やす必要があると思っているのか？」

「……ないのでしょうか？」

「ない。私は龍の末裔（まつえい）である。私の先祖たちも全員が龍の末裔。初代皇帝は龍そのもの。我らは神獣であり、神なのだ。私たちは死した後は冥府ではなく天上界にのぼる。冥銭を供えられる必要がない。そのかわり私たちは龍の霊廟に花を添える」

白い花を、と、義宗帝はずっと手にしていた白の寒椿の枝をふわりと振って、続ける。

「少なくとも私がここを訪れるようになってから、龍の霊廟で火が使われているのを見かけたことはない」

義宗帝の言葉が翠蘭の頭のなかで意味を持ったのは、瞬時のことだ。

「……つまり、普通なら火の気がないところに火があるってことですよね。火事だったら、小火（ぼや）のうちに消さないと」

翠蘭は引き止める義宗帝の腕を振り払い、駆けだした。

「昭儀……走るな。そなたはいつもそうだから……」

妙に冷静な義宗帝を後に残し、翠蘭は石畳の道を一気に駆け抜けて霊廟の扉を開ける。

敷居をまたいでなかに入ると、視界がぐらりと揺れた気がした。

たぶん——霊廟の床に人が倒れているのを見てしまったからだ。

頭のなかが一瞬だけ空白になった。

顔は見えない。けれど襟の広い袍服を身につけているため宦官だとわかる。宦官は地位によって帯の色が変わる。濃い青の帯なので宦官のなかでは高位であり太監のふたつ下の位階である。

宦官は手に、花を一輪、握っている。

本物の花ではなく、まがいものだと一瞬、思った。

なぜならその花の花弁が、玻璃（はり）のように透き通っていたから。

「……どうしたんですか」

翠蘭は宦官の身体に触れ、呼びかけた。

その途端、彼が手にしていた花の花弁が透明から白に変化していった。

「え……なに？」

瞬きをしてもう一度見直す。握りしめられているのは白い花だ。透き通った花びらは見間違いだったのだろうか。

戸惑いながら、翠蘭は宦官の様子を探ろうとし——その後頭部に血がついていることに気づく。

なにかで殴られたかのような一寸ほどの抉(えぐ)られた傷のまわりに、固まった血がわずかにこびりついている。

翠蘭から少し遅れて、義宗帝が廟に足を踏み入れる。

「昭儀、触れてはならない。そなたには、もう、その者のためにしてやれることはない」

義宗帝の低い声が、翠蘭の頭上から降ってくる。

翠蘭は、身体をひねって義宗帝の姿を確認し、口ごもる。

「ないって……でも」

義宗帝は翠蘭の腕を捕らえ、ゆっくりと引き上げた。

「その者はすでに死んでいる。手当ての必要はない。だからもう触れてはならない」

――死んでいる？

「そなたはいつもそうだから……こんなふうに、関わらなくてもいい事件に関わってしまうのだ。此度(こたび)は、私のせいではない。私はそなたが駆けていくのを引き止めたぞ」

義宗帝が、深いため息を押しだして、そう言った。

1

歴代の皇帝たちの像がずらりと壁に沿って並んでいた。

等間隔で設置された石像の前には、白い花が添えられている。

花瓶に生けられたものもあれば、床に一輪だけ置かれている花もある。

歴代皇帝の石像が顔を向けているのは、扉をくぐる「誰か」に対してではない。廟の最奥の祭壇に鎮座している巨大な金色の龍の像に対してである。

ここは、龍のための霊廟だ。

義宗帝は祭壇の前に立ち、像を見上げる。

三間（さんげん）の高さのある龍の像だ。

龍の像を覆う鱗（うろこ）は、一枚一枚、丹念に細かく彫られていてそれぞれ形が違う。

どの季節のどの時間帯であっても、龍像の胴体の一部は常に濡れたように光を反射して輝いている。

けれど精巧な造りの龍の像の頭部は、紅色の絹地に金銀の糸で雲海と銀波をあしらった布の帳に遮られて、布をまくり上げないと見えない。

——この龍の像の見え方は、この世の理そのものかもしれないな。

布で遮られた頭部こそがきっと本質であり、一番大切なものなのだろうに、布を捲ることのできる者しかすべてを見ることが叶わない。

それでも人は、像の一部を遠くから見上げるだけで、龍のきらめきと、尊さを、勝手に受け取った気になっている。

という龍のための霊廟で——義宗帝と翠蘭が発見した死者は、いまだ、冷たい床にうつぶせたままであった。

義宗帝は、死体に近づくとすぐに、念のために首筋の脈の確認をした。ぴくりとも動いていなかった。

次に、翠蘭にひとりで霊廟を出て太監を捜しあて、死者を見つけたと報告をするように命じた。最初はひとりで廟の外に出ることを渋っていた翠蘭だったが、義宗帝が笑顔で同じ命令をくり返すことで「抗議は聞き入れられない」と察したようであった。

結局、彼女は、不承不承の顔つきで「私がいないあいだにふらふらとここから出ていかないでくださいよ。それから、どんなことであれ、危ないことはしないでください」と言い置いて、急いで、霊廟を出ていった。

——昭儀は、いつだって、駆けてしまうのだ。

霊廟の扉を開けて走りだしたあの勢いのまま、橋の上も駆け抜けるに違いない。広い後宮を、太監を捜すため、全力で疾走する彼女の姿を義宗帝はたやすく想像できる。懸命な顔つきで後宮の道を走る彼女の姿を思い浮かべると、義宗帝の胸の内側がほんのりとあたたかくなった。

「私はふらふらと歩いたこともないし、危ないこともしない。危ないことをしてのけるのは昭儀のほうだ」

聞く人のいない霊廟で、ぽつりとつぶやく。

声は霊廟の壁と床にひっそりと吸い込まれていく。

翠蘭は義宗帝に命じられた通りに、霊廟で死体を見つけたことを太監に告げ、じきに、司法に関わる刑部(けいぶ)に所属している秋官(しゅうかん)たちを連れて戻ってくるだろう。

それまでのあいだ、義宗帝は霊廟で死体の番をする。

死体と——そして、倒れた宦官から離れた場所で、しゃがみ込む一体の幽鬼を、見守っている。

義宗帝は、由緒正しいこの国の龍の一族の末裔であり、それゆえにいくつかの特殊な力を持っている。

そのひとつが、幽鬼を見る力だった。

幽鬼とは、死者の霊。

「そこで倒れている宦官の顔はうつぶせているから見えないが、幽鬼と背格好と服装は同じ。帯の色も、帯飾りの玉も同じだ。ということはこの幽鬼は、そこの死体当人のものなのであろう。そもそも、昨日まで、この霊廟に幽鬼はいなかった。霊廟に突然現れた幽鬼と、倒れた死体が、無関係のはずがない」

独白し、とりあえず先に死体を観察する。

翠蘭が戻ってくるまで充分に時間がある。そのあいだに見るべきものをすべて見て、覚えておかなくてはと思う。

ただし死体に触れたり、動かしたりはしないよう留意しなくてはならない。おかしなことをすると、この後の秋官たちの捜査が混乱する。

「死体の頭部に打撲の跡がある。血痕がついている。出血量はたいしたものではないな。この程度の出血で死ぬとは思えないが——頭部は些細な傷で死に至る場所ではあるからなんとも言えない。現状は、誰かの手による殺人事件の様相を帯びているから、検屍にまわすことになるだろう」

うつぶせに倒れた宦官が手にしているのは、白い花。

大きめな二枚の葉は蓮の葉に似ている。葉の大きさからするとずいぶんと小ぶりの白い花が、房になって咲いている。黄色の雄しべと純白の花弁が、清楚で、可憐であった。脆い花なのか、房のほとんどの花弁が散って欠けていた。

「花びらが付近に落ちていないところを見ると、持ってくる途中で花弁が散ってしまったのだろう」

龍の霊廟を訪れる者は、白い花を供える。義宗帝も白い椿を供えるために手にしている。後宮で暮らす者にとっては常識だ。

――昭儀が知らなかったのは、まだここに来て二年目で、身近に龍の霊廟に赴く者がいなかったからであろう。

「この者は、白い花を持参する程度に龍の霊廟のことは知っている、と。だとしたら、この場所に龍の一族とその縁者以外の者が足を踏み入れると呪われるという噂も知っているはずだが……？」

そういう噂があるのだ。

いつの頃からか、龍の霊廟に入ると、具合が悪くなる者が増えた。

そのうえで、過去の記録を精査すると龍の霊廟で倒れて儚くなった者が何人もいたことが明るみになった。

ふたつの事実が重なって「皇帝の一族とその縁者以外が龍の霊廟に入ると呪われる」という噂が流れた。

縁者の定義は曖昧なものだ。

そもそも霊廟は皇帝の一族しか足を踏み入れてはならないと決められていた。しかし供えた花が枯れた際に片づける者が必要である。訪れる者が少なくても、埃が積もるし、床も汚れる。長い年月でみれば、建物の修繕も必要になる。

まさか皇帝が掃除や修繕をかってでるわけにもいかない。

結局、誰かが管理のためにここに出入りすることになる。

そのため後づけで「縁者」がつけくわえられるようになった。

「龍の霊廟の管理は尚寝官(しょうしんかん)が取り仕切っていたはずだ」

尚寝官は、後宮で寝具をはじめとした日常の備品の管理を行っている。蠟燭(ろうそく)や油は備品だ。そのついでに灯籠も備品で、流れで庭園も後宮内では「備品」として大きくくくられた。いくらなんでも乱暴だと思わないでもなかったが、義宗帝が決めたわけではないし、皆が文句も言わず納得して働いているのでそれでいい。

尚寝官に任命された宦官と宮女は、呪われているという噂があろうが、実際に龍の霊廟で倒れた者が何名もいようが、仕事として龍の霊廟を整える。

その際に「せめて自分のことは呪わないでください」と白い花を持参し、龍像に供えてから仕事をするというのはおかしなことではないように思う。

――これまでも、私が供えたものではない白い花がたまに供えられていることがあった。

「となると、この男は掃除を任せられた宦官のひとりか。――にしては、官位が高いのが気になるが、どちらにしろ、秋官が調べればこの者の素姓はすぐに知れる」

現状、義宗帝が死体についてわかることはこの程度だ。

あとは秋官たちの調査結果を待つことにしよう。

次に義宗帝は、離れた場所でしゃがみ込んで、床の一部を爪で引っ掻き続けている幽鬼の側に歩み寄る。

幽鬼は、義宗帝が霊廟に入って来たときから、ずっと同じ姿勢でしきりにその動作をくり返している。

彼の姿が見えているのは、義宗帝のみ。

翠蘭は、神剣を手にしたときだけ、幽鬼の姿を見ることができるのだが——今日の彼女は神剣を携えてはいないのであった。

「幽鬼はこの世とは違う理に縛られている。そなたはこの世のものには触れられない。だというのに、なぜ、そなたはこの床を気にしている？」

語りかけながらも、返事は期待していない。いまだかつて幽鬼との会話が成立した試しは一度としてない。それでも最近になって、ひとりで幽鬼と対峙するとき、義宗帝はたまにこうやって自分の声が届いているかどうかを確認するようになった。

——これも、昭儀の影響か。

もしかしたら、と、一縷の望みを抱いて、とりあえずやってみる。愚直なまでにまっすぐに、ただ試す。彼女のその姿勢に、自分はずいぶん感化されている。

とはいえ、今回もまた、義宗帝の声に幽鬼は反応しなかった。やはり対話は無理なようである。

義宗帝は幽鬼がしきりと引っ掻いている床をしげしげと見る。

――焦げている。

大理石を敷き詰めた床の一部が煤けている。

幽鬼の側にしゃがみ込み、引っ掻いている床に触れる。

幽鬼と、義宗帝の指が視界のなかで重なった。けれど、相手の肌や肉の重みも、力も、なにひとつ感じとることはできなかった。

義宗帝は幽鬼の姿を見ることはできるし、祓うこともできるのに、触れあうことはできないのである。

――人は、理由がなければ、幽鬼となってまで地上に留まらないように思える。

普通ならば、死者の魂魄はこの世から飛び立つものなのだ。

幽鬼を祓う力を放つときに、義宗帝は、この世とは別の理が組み込まれた隠世の気配を感じることがある。

魂魄の行き着く先は、薄い布一枚隔てた向こう岸だ。

生まれながらにして誰に教わるでもなく、それを知っているから――自分は不可思議な力を放つことができるのだろう。あるいは、その逆か。不可思議な力を持ってしまった結果、この世とは別の理を持つ向こう岸を覗けるようになったのか。

たいていの人間は死して後、己の力で薄い布を捲りあげて自然と向こう岸に渡っていく。けれどまれに生前の死に際に残した未練や強い想いを碇にして、船のようにこの世につながれてしまう魂魄がある。

それが幽鬼だ。

彼らは強い想いに縛られて、生前の未練を晴らすために、ただひとつの動きをくり返す。

「いままで私が出会った幽鬼たちは、皆、そうであった。強い想いや未練に引きずられ、生前になし得なかったことを、幽鬼となって、やり続ける。——となると、そなたが死体となるに至った経緯と、幽鬼としてのそなたの行動はどこかでつながっているはずだ。ここで燃やしたものに未練が？」

言いながら、床の煤を指でなぞり、鼻に近づけて臭いを嗅ぐ。普通の煤とも違うツンとくる独特の臭いが鼻腔に残る。

心覚えのない臭いである。

立ち上がり、答えを探すために幽鬼の周囲をゆっくりと歩いて、見てまわる。

少しのあいだうろついて、あっさりと匙を投げる。

「うん。——わからぬ。私にはそなたの未練がまったくわからぬ。そもそも私は一般的な人の心というものがよくわからない。心が欠けていると、刑部尚書官の胡陸生によく諭される」

胡陸生は、義宗帝が贔屓している有能な尚書官であった。

その陸生は、翠蘭と共に「科挙試験の院試の不正」にまつわる事件を解決して以降、うるさいくらいに同じことを義宗帝に対して言うのである。

『陛下は龍でいらっしゃる。だから、一般の人間の心の持ち合わせはないのでしょう。人としての心は欠けていらっしゃるように思います。されど、龍には龍の心があるのではないかと推察します。龍にも龍の悲しみがあるのではと推察します。龍には龍の慈愛があるのではと推察します。いざというときに、どうぞ悔やむことのないご判断を』

あまりにも同じ言葉をくり返すので叱りつけたが、陸生は口を閉じなかった。

『おりに触れ刷り込み続ければ陛下も、自分は、一般の人間の心に欠けているのだなと、なにかの際に私の言葉を思いだすことでしょう。おそらくこれは、ご自身で気づけるようなことではないのです。ですから、わかるまで、伝え続けます。杖刑を受けることになっても私はこの言葉をくり返します』

陸生は、仕事ができる男である。

同じ言葉をくり返すからという理由で処罰して遠ざけていい人材ではない。義宗帝もそんな理不尽なことをする皇帝ではない。

——おかげで、私はあれの言葉が胸の内側に響くようになってしまった。

そもそも、腑に落ちるところがあったのだ。

自分は普通とされる人の心が欠けている。

かといって心がないわけでは、ないのだ。ときおり、痛む場所がある。ときおり、あたたかくなる場所がある。心というものは目に見えず、取りだして触れることもできないが、心の在処(ありか)は、嬉しいとき、悲しいときに、自分自身にだけわかるのだ。

陸生は数少ない義宗帝が認めた男だ。認めた相手から渡された言葉が義宗帝のなかで蓄積し、意味を持ちはじめている。

——悔やむことのない判断を、か。

「さて——人の心が欠けている私はこんなときにどうふるまうといいのか」

ひとりごちて、床を引っ掻き続ける幽鬼を見やる。

義宗帝は、いままでにも気まぐれに浄化の力をふるい、幽鬼たちの魂魄の碇をあげ、天に解き放ってきた。

ただし今回は——。

「もうしばし、そなたには幽鬼としてここにいてもらう。そなたの未練を解きほぐして後に、冥府に送ることを約束しよう。いまはせめて、この花を供えることで、許せ」

義宗帝は手にしていた白い椿を、倒れる宦官が握る花の横にそっと添えた。

＊

翠蘭が秋官たちを引き連れて霊廟に戻ると、義宗帝は妙に誇らしげな顔で翠蘭を見返し、

「ふらふらは、していない。ずっとここにいた」

と告げた。

第一声が、それである。

——なんの報告だ。

翠蘭はゆっくりと瞬きをしてから、慌てて「はっ」と拱手する。

「ありがとう存じます。さすがです。ついては、太監が陛下のための輿を橋の向こうに用意しております。秋官の皆さんのお邪魔にならないように、私たちはここを出ましょう」

ありがたいかどうかは自分でもわからない。ただ、義宗帝の表情から、いまは彼を誉めなくてはならないと思ったのだ。誉めて、のばす。

幼子に話しかけている気分だった。

「案ずるな。私が邪魔になることなど、ない。むしろ、そなたのほうが心配だ」

一瞬考えたが——言われてみれば、いまこのとき、義宗帝は秋官たちの邪魔になってはいない。

翠蘭と一緒に橋を渡った十余名の秋官たちは、霊廟に入ってすぐに、あちこちをひっくり返して調べてまわっている。後宮は皇帝以外の男性の侵入を禁じているため、後宮内の秋官は宦官である。

「はっ。では、私も邪魔をせぬようにつとめます」

慎ましく応じると義宗帝が満足げに深くうなずいた。どうして満足そうな顔なのかが疑問だし、少しだけ、むっとした。

こういうとき、不服さを顔に出すと義宗帝がなぜか嬉しげになるのがわかっていたので、翠蘭は彼から目を逸らす。

義宗帝はもうしばらくここに留まるつもりらしい。

翠蘭は手もちぶさたで、先ほどと同じ場所にうつぶせになっている宦官の死体に顔を向ける。

宦官の、のばした手の側に白い椿が一輪、手向けるように添えられていた。

翠蘭が死体を見つけたときには、置かれていなかった。それは義宗帝が携えていた寒椿のように思える。

「あの椿は」

翠蘭が尋ねると、義宗帝が「ああ。私が手向けた。本当ならば死者に供えるには、邪を祓う桃がよいのだろうけれど、生憎(あいにく)、私が持っていたのは龍に供えるための白い寒椿だったのだ」と、なんということのない言い方で応じる。

翠蘭は視線を上げ、義宗帝の顔を見た。

いつもと同じ、感情の読み取れない無表情かと思っていたのに、彼が浮かべているのはいままで翠蘭が見たことのない、はにかみと戸惑いが混じりあったような複雑な笑顔であった。

しかも彼は翠蘭に問うのである。

「秋官たちの捜査を混乱させるから花を供えるのはいけないことだとわかっている。私が外から持ち込んだものを、死体の側に置くのはよくないことだ。けれど、そなたなら、持っている花を、人として、手向けるであろう？」

——私なら、持っている花を、人として、手向けるであろう？

義宗帝の言い方は、物語のなかの、人の心を覚えたばかりの妖怪の語り口だ。この感慨があながち間違っていないから、いやになる。

彼は龍の末裔であり、もともと「一般的な人の心」から遠いのだ。

義宗帝が治め、翠蘭たちが暮らす華封の国は、広い国土に悠々とした大河が流れる豊かな水の国だ。

華封の東にあるのは世界に開かれた港。西にあるのは乾いた砂漠の国である理王朝（りおうちょう）と神国(しんこく)。北は険しい山岳地帯と冷たい氷の大地に阻まれていて、南の国境に面しているのは計丹国(けいたんこく)と夏往国(かおうこく)だ。

華封は、ずっと南と西の国との小競り合いを続けてきて――最終的に百五十年前、夏往国との戦いに敗れ、その属国となった。

以来、華封の後宮で皇后となるのは常に夏往国の貴族の娘である。

皇后、そして後宮の他の妃嬪たちが皇帝とのあいだに成した子は、皆、隣国の夏往国に連れ去られ、そこで育てられる。

義宗帝も夏往国で生まれ、夏往国の人間たちに囲まれて育った。

夏往国で義宗帝がどんな日々を過ごしていたかを翠蘭はまったく知らない。それでも愛情に溢れた幼少期ではないことだけは、伝わっていた。

義宗帝は、他者と信頼関係を築けないし、築く術も学ばないまま大人になった。

彼はおそらく、普通の人の心が、わからない。

歪(いびつ)、なのだ。

――それだけじゃなく、義宗帝は不可思議な力を持っているから、やっかいなのよ。はっきり聞いたことはないけれど、彼には、幽鬼の姿が見えている。

翠蘭も神剣を持つと幽鬼の姿を見ることができる。

しかし義宗帝は、神剣の力を借りずとも、普段から幽鬼の存在を感じ、見ているようなのだ。

――さらに陛下は、幽鬼を祓うこともできるはずだし、なにより川のなかから龍を現出させたこともある。

つい先だっての秋の日――翠蘭は、義宗帝に命じられ、科挙試験の院試の不正を正すために後宮を抜け出て南都を走りまわっていた。

後宮の外を変装して出歩く翠蘭が危機に瀕した際に、義宗帝があやしい力を使い、水龍を具象化させて、翠蘭を救ってくれたのである。

人に似た形でありながら、人の心から少し遠く――そのうえで大きな力を行使することが可能な皇帝陛下。

彼の心の有り様は翠蘭ごときにはわからない。

けれど、翠蘭は彼の神剣としてずっと彼の側にいると誓いを立てたのであった。

翠蘭が、彼と過ごしてきた日々と己の誓いに思いを巡らせ、黙り込むと、それをどう受け取ったのか義宗帝は眉をひそめ、腰をわずかに屈めて翠蘭の顔を覗き込んだ。

美しい顔が、近い。

漆黒の目の奥は星のようにきらきらと瞬(またた)いていて、吸い込まれてしまいそうだ。

「……っ、陛下？　近いです」

「許せ」

平坦な口調だった。なにをしても許され続けていた者のみが出せる声音だった。

翠蘭は慌てて身体を遠ざけて早口で応じる。

「許すも許さないもないです。陛下の行いを咎めることのできる臣下はここにはおりません」

「花を供えたことも許せ」

「それに関しては、死者になりかわって、私から陛下に感謝をお伝えいたします。花を手向けてくださって、ありがとうございます。秋官たちの調べがつくまで、この冷たい床にうつぶせたままでいるのは寂しいですから」

両手を身体の前であわせて礼をすると、義宗帝が「そなたならそう言うと思ったのだ」と小声でうなずいた。

――私なら？

義宗帝はまた羞恥を覚えたように目を伏せて、くすぐったそうに嬉しげな笑みを口元に浮かべた。ふたつ以上の感情が入り混じった、自分で自分の心模様の判断がつきかねているような笑い方に、翠蘭は目を瞬かせる。

――どう受け止めたらいいの、これ？

翠蘭は一旦、考えを保留し、落ち着こうと自分自身に言って聞かせる。

さりげなく義宗帝から距離を置き、床にしゃがみ込む。死者が手に持つ白い花をもう少しちゃんと見ておきたかった。見間違いだと思うが、はじめて見たとき、一瞬、透き通った玻璃に見えた不思議な花の正体を突き止めたい。

「どうした？」

すると義宗帝もまた翠蘭の真似をしてすぐ横にしゃがみ込んだ。まさかそうなるとは思っておらず、翠蘭はしゃがんだ状態のままぴょんっと横に跳んでしまった。

義宗帝が喉の奥で笑いを嚙み殺し、うつむいて肩を揺らし、ささやく。

「蛙や兎のようにぴょんと跳ぶ妃嬪は珍しい。はじめて見た」

「陛下が近づいてくるからびっくりしただけです」

翠蘭が言い返し立ち上がる。義宗帝も翠蘭に続いて立ち上がる。

義宗帝は見た目は細身なのだが、案外、しっかり足腰を鍛えあげている。しゃがんだ状態で笑っても身体がぐらつかない体幹を持ち、立ち上がるときも前後左右にぶれることなく勢いよくしゃきっと膝をのばすことができる。

「真似しないでくださいよ」

そう言いながら――見事に真似ができることに感心した。

翠蘭は翠蘭で、武に巧みな妃嬪なのである。後宮に来る前は山奥で、毎日、己に鍛錬(たんれん)を課してきた。後宮でも、毎朝、毎晩、木刀や槍をふるって身体を鍛え続けている。

後宮内で走り込みもし、与えられた水月宮の庭で兎跳びをし、植えられた大樹の太い枝にぶら下がって懸垂もしている。

そんな翠蘭の動きを真似できるというのは、たいしたことなのだ。

「真似はしていない。私はそなたみたいに無様に横に跳ばなかった」

澄まして言われ、翠蘭は口をぎゅっと窄めて、

「無様っていうのは余計です」

と抗議した。

「案ずるな。無様であってもそなたは愛らしい。そなたは私の〝唯一〟だ」

近い距離で、うっとりと見惚れるような美しい笑みを浮かべ、義宗帝はささやいた。妙な熱がこもっている気がしたのは、距離が近すぎるせいだ。

「唯一じゃないです……」

——意味ありげに〝唯一〟って言わないでよ。

頬が火照るのが自分でわかった。動揺して狼狽える翠蘭を、義宗帝は、からかっている。意地が、悪い。

「そなたが決意さえしてくれれば、いつでも唯一になれる。そなたは私の真実の姿を知っている。それを明かすことは私にとっては相当な決意のいることだった」

翠蘭にだけ聞こえるくらいの小声でささやく。

——真実の姿って、南都で私を助けてくれた龍に関わることだよね？

だとしたら「相当な決意」というのも理解できる。

「案ずるな。私の伽札をすべてそなたに渡す用意ができている」

また微妙にずれた「案ずるな」をもらったが、互いのずれ具合を調整しようとしても、嚙み合うことがないので聞き流すことにした。

「いまはまだ、いらないです」

咄嗟に口走って「いまは、まだ？」と聞き返されて、あっと小さな声が出た。

いまはまだ——この言い方だと「いつか」伽札をひとりじめしたいという希望を抱いているようではないか。

なにか言い返したいのだが「違います」と言うのも、変な気がした。なにを言っても、最終的に、恥ずかしくなってしまいそうだった。

結局、翠蘭は、無言になってあらぬ方向を凝視した。

亡骸となった宦官が手にしていた白い花について調べるのも、諦めた。

——持って帰るのは捜査の妨げになるし、私が調べなくても秋官たちがなにもかもを調べて報告してくれるはずだから、それでいいわね。

秋官たちの様子をさりげなく探り、耳をそばだてる。

皆、沈痛な面持ちで、小声でひそひそと会話をしていた。

死体を調べるとなると、愉快な出来事ではないから、そういう顔になるのも仕方がないとはいえ、秋官たちの顔色はあまりにも青ざめている。

どれくらい時間が経ったのか――秋官のひとりが、小走りに駆けてきて、義宗帝に報告する。

「亡骸の身元が判明しました。宦官の鄭安さまにございます。尚寝官の長に帯の確認を取って参りました。この帯色を許されている宦官のうち、いま、居場所の確認がとれなかったのは鄭安さまのみ。念のため、秋官のなかで、鄭安さまの顔を知っている者を呼び、あとで顔をあらためさせます」

死者の素姓は翠蘭が思ったよりずっと早く調べがついた。

昨今、後宮で義宗帝を弑しようとする物騒な事件がいくつか起きて、後宮で暮らす宦官や宮女たちの人員確認や名簿作りを徹底して行ったのが役立ったのかもしれない。

「あとで顔をあらためさせる？」

義宗帝が物問いたげに、くり返す。報告に対して、同じ言葉をそのまま返すだけで、勝手に言葉に重みが増す。

「申し訳ございません。いますぐにあらためさせます」

秋官が声を張り上げた。

「責めているわけではない。急いだところで死んだ者は生き返らぬ。ところで、そこの床に火を使った跡がある。煙の臭いも漂っていた。それも調べるのか」

　義宗帝が少し離れた床に顔を向け、尋ねた。

「一応調べてみますが、亡骸と死因には無関係かと思われます。彼は焼死したわけではなく、龍の霊廟も燃えておりませんので」

　義宗帝は無表情で秋官の報告を聞いている。相づちも打たないものだから、気後れしたのか、秋官が背中を丸める。

　秋官に憐憫（れんびん）の情を覚え、翠蘭が割って入った。

「では、死因の特定はできているのね？」

　真顔の義宗帝と、しゅんと萎（しお）れていく秋官の対比が、いたたまれなかったのだ。

　翠蘭の言葉に、秋官がどこかほっとしたような表情になる。

「死因は後頭部の傷を見るに、頭部の打撲による損傷によるものと思われます。うつぶせで倒れていることから考えますと、後ろから誰かに殴られたのでしょう。失禁も確認されており、即死だったのではと推測されます」

　秋官の説明を聞き、義宗帝は眉間にしわを薄く刻み、

「この状況で死者を見つけたなら、誰もがそう思う。つまり、これは殺人なのか？」

　と秋官に問いかけた。

「はっ」

秋官が重々しくうなずいた。

秋官の報告に、翠蘭は首を傾げ、鄭安という宦官のことを思いだそうと試みる。聞き覚えはあるが、顔が浮かばない。会話をしたことがなさそうだ。

翠蘭が腕組みをして鄭安について考えているあいだに、新たな秋官たちと検屍官が到着した。検屍官が死体に手をかけ確認し、秋官たちに指示をだし、運んできた板に死体を載せて移動させる。

動かした加減で、死体の顔がちらりと覗いた。

——うん。まったく見覚えがない。

翠蘭の後宮生活に欠片も関係のない宦官だった。

板に載せられ去っていく亡骸を見送り、ぼんやりとしていると——。

「私が気にかけているのは、その者を誰があやめたかではない。私の大切な妃嬪の無実の証明だけだ。後宮内の死でいちばん多いのは事故によるものだ。次に病気。続いて自死と他殺。他殺の場合、はじめに死体を発見した者が犯人であると疑われることが多い。この宦官を見つけたのは昭儀である」

「はっ」

「そのために、私は、そなたたち秋官が来るまで、亡骸には手をつけず、見張っていた。まず、そなたらは、昭儀が無実であることを、しっかりと調べて証明するといい」

義宗帝が鋭い口調で秋官にそう伝え、翠蘭はぎょっとして義宗帝を仰ぎ見た。

——私の無実？

指摘されるまで、能天気なことに、第一発見者の自分が犯人として疑われるなんて思いつきもしなかった。

「私は昭儀と共に橋を渡ってきた。すれ違う者はいなかった。ここから逃げだした者もいなかった」

「はっ」

「昭儀に証言を求める必要がある場合、彼女を暴室に連れてはならない。彼女の取り調べは私の確認を得て後、行うように。また彼女を呼びだして行うのではなく、彼女の暮らす水月宮にそなたたちが足を運ぶように」

暴室とは病を得た妃嬪や宮官たちのための隔離部屋だ。が、隔離されているからこそ罪人の拷問部屋として使われることのほうが多い。

「はっ」

秋官は律儀に義宗帝の言葉にいちいち拱手する。

「いま私と昭儀に聞きたいことがあるなら、質問することを許そう」

義宗帝がてきぱきと、きちんと物事が伝わる話し方をしていて、あっけに取られた。いつも、のらりくらりしていたり、ふわふわしていたり、暗喩（あんゆ）と丁寧さに満ちすぎていて本質が見えなかったりする話しぶりで翠蘭を困惑させてきたのに——今日、このときに限っては事実の羅列と要求事項を直截に述べていて、わかりやすすぎてびっくりだ。

「……なにもございません」

秋官の返事に義宗帝は顎を引き、告げた。

「そうか。ならば私と昭儀は宮に戻る。太監が霊廟の外に輿を用意して、私たちを待っている。——昭儀、いくぞ」

義宗帝はなにかの模範にしたいくらい、綺麗な姿勢でくるっと身体の向きを変えた。彼の衣装の裾がひらりと翻(ひるがえ)る。

「はっ」

翠蘭は慌てて義宗帝の後をついていく。秋官たちが作業の手を止め、拱手して、義宗帝と翠蘭を見送ってくれた。

そのまま義宗帝は無言で足早に歩く。

霊廟を出るとき、門だけは違う門をくぐったが、翠蘭は義宗帝の斜め後ろを、義宗帝が歩くのと同じ速さでついていった。

拱橋を渡りきると、金の飾りを上部にとりつけ金刺繡を施し、赤い絹布で四方を囲った輿が、二挺(にちょう)、待っていた。輿の柄を抱え上げる宦官がずらりと道の端で列を組んでいる。

輿の横で拱手の姿勢を崩さず立っているのは、宦官のなかで最高位の地位を持つ、太監だ。禿頭で、穏和な面差しの太監のことを、義宗帝はずいぶん信頼しているが、同時にずいぶんと振りまわしてもいるのであった。

後宮で翠蘭が出会う太監は、だいたいいつも、供も連れずひとりでどこかに消えてしまった義宗帝を捜している最中であった。

「陛下。お待ちしておりました」

太監が前屈みで小走りに駆けよって揖礼をする。

義宗帝は無言でうなずき、輿に乗る。

素直に用意された乗り物に乗るのが珍しくて、翠蘭はついまじまじと見てしまった。

じっと見つめられていることに気づいたのか、義宗帝の口元がかすかに緩んだ。

「私を見倣い、昭儀も今回ばかりは太監の思いやりを受け取り、用意された輿に乗って水月宮に帰るといい」

「え……あの輿、私の輿なんですか？」

思わず聞き返すと義宗帝ではなく太監が「はい。昭儀さまにも必要かと思い手配をいたしました。どうぞお使いください」と応じた。

「でも私歩いて帰れますから」

「昭儀、我が儘を言うではない。私もそなたも、此度、龍の霊廟で死という穢れに触れた。私もそなたも用意された輿でまっすぐ宮に戻り、しばし謹慎だ。潔斎を行わなくてはならない」

義宗帝にしては、まともなことばかり言っている。

「謹慎して潔斎……ですか？」

「後宮の他の者どもに穢れを振りまいては、なるまい？　それでも秋官たちが話を聞きたいとそなたの宮を訪れることもあろう。そのときはきちんと対応してあげなさい」

「はい」

殊勝に返事をすると、義宗帝がにこやかに笑った。いつもの目は笑っていないけれど、口元に笑みを湛えた「翠蘭の苦手」な儀礼的な笑顔だった。

正直なところ、翠蘭は、きっと今回も義宗帝は翠蘭に無理難題を命じるのだろうと思っていたのだ。密かに鄭安が死んだ理由を調べよ、と。

――だって普通なら火を使わないらしい龍の霊廟の床に燃え跡が残っているのよ？　私たちがはいったときに煙の臭いが漂っていたのよ？　秋官たちはそれは死因とは関係ないとみなしていたけど、どう考えたって、あやしいじゃないの。

秋官には調べろと言わなくても、翠蘭には調べろと命じる。

これまでずっと、義宗帝は翠蘭に対してそうだったので。

きっと去り際に、なんていうことのない口調でさらりと命じてくるに違いない。

翠蘭は身構えていた。

けれど――。

義宗帝は綺麗な笑みを浮かべたまま、すっと前を向いて輿のなかで座り直した。

それ以上、彼はなにも言わなかった。

義宗帝が居住まいを正す。その気配を察し、柄を肩にした宦官たちが歩きだす。

義宗帝の輿がしずしずと去っていく。

太監が翠蘭にもう一挺の輿を指し示す。

「昭儀さまはこちらをお使いください。さあ、どうぞ」

日頃、ひとりで徒歩でうろつきたがり、太監を困らせている義宗帝が輿に乗っていってしまったのを見届けてしまうと、自分は歩いて帰ると言いづらい。

「え……あ、はい」

渋々返事をし、翠蘭は仕方なく輿に乗る。

輿の内部には籐で編んだ肘掛けつきの椅子が置いてある。

翠蘭が椅子に座ると、柄を担いだ宦官たちが一斉に立ち上がった。目線が高くなり、身体がぐらりと揺れる。肘掛けをぎゅっと強く手で摑み、右に左にと、嵐の日の船みたいに交互に傾く動きに身をまかせる。

――どうして？　なんで陛下は私に鄭安の死の謎について調べよ、と命じなかったの？　私の無実を証明しろって秋官に命じて、輿に乗って去っていって、それだけ？

おまけに自分は謹慎すると言い、翠蘭にも謹慎を勧めた。

――陛下が、まっとうなことを言っている。

いいことだ。

いいことなのに。

輿に乗って運ばれるあいだ、翠蘭はこの世界すべてが斜めに傾いでいくような不安感にとらわれていた。

2

翠蘭の乗った輿が水月宮に近づいた。

開いた門の向こうで、水月宮に仕えている宦官の雪英が、首をのばしてこちらを見ていた。

輿の窓から身を乗りだして翠蘭が大きく手を振ると、雪英が駆け寄ってくる。

「雪英、いまそっちに向かってるんだから走ってこなくてもいいのよ。転ぶわよ」

翠蘭の叫び声が聞こえたのか、雪英はかえって走る速度をあげた。一生懸命になって走る雪英の頬がぽわっと赤くなる。

「輿を止めて。ここから歩くわ」

担ぎ手に声をかける。のんびりと輿に揺られて進むより自分の足で歩いたほうが早い。

輿が止まり、翠蘭は地面にぴょんと飛び降りた。

近づいてきた雪英が泣きそうな顔で、

「おかえりなさいませ」

と拱手した。

雪英は幼いときに浄身した宦官で、そのせいなのかいつまでたっても身体の線が細い。表情もまだまだあどけないから、翠蘭は、雪英をついつい子ども扱いしてしまう。

「ただいま。雪英、顔を上げて。ねぇ、どうしたの。なにかつらいことがあったの？」

顔を覗き込んで問いつめると、雪英の目にぶわりと涙が浮かぶ。

「娘娘(ニャンニャン)がお留守のあいだに、娘娘がまたおかしな事件に巻き込まれたという話を、淑妃(しゅくひ)さまと銀泉(ぎんせん)さまと玉風(ぎょくふう)さまがそれぞれにいらして教えてくださいました。今日中に戻ってこられないかもしれないって淑妃さまがおっしゃるものだから……奴才(どさい)は心配で心配でならなくて……」

「淑妃さまと銀泉さんと玉風さん？」

翠蘭は半眼になってうめいた。

銀泉と玉風は樹氷宮(じゅひょうきゅう)を預かる才人である。彼女たちと翠蘭は、後宮の庭で髑髏(どくろ)が見つかった事件を調査しているときに知り合って、そのまま互いの宮を行き来して、遠慮のない会話をしながらお茶やご飯を楽しむ仲になっていた。

才人のふたりは、いい。

しかし問題は淑妃だ。

――明明(めいめい)と淑妃さまの取り合わせって最悪じゃない？

ふたりはまだ直に対面したことがない。後宮で暮らしている以上、いつか顔を合わせる日がくるとしても、それは翠蘭がいるときだと思い込んでいた。

淑妃と明明が、翠蘭の不在のあいだに水月宮で会うなんて考えたこともなかった。

「いまもまだ、いるの？　その三人」

おそるおそる尋ねる。

「はい。お三方とも、まだ、水月宮にいらっしゃいます。奴才が不安で泣いてしまったものですから……皆様が心配してくださって……だったら門のところで待っていましょうかと淑妃さまがおっしゃって、畏れ多いことに淑妃さまと一緒に娘娘のことをお待ち申し上げて……あ、奴才は、淑妃さまを置いて走ってきてしまいました」

そこまで一気に話して、雪英が青ざめた。

「え？　淑妃さまが門のところにいらっしゃるの？」

淑妃の馮秋華（フウシユウカ）は、明鏡宮（めいきようきゆう）を陛下から預かる妃嬪だ。彼女はまぎれもない義宗帝の寵姫であり、夜伽に呼ばれる回数は皇后陛下に並んでいる。

翠蘭は、つま先立って少し先の水月宮の門を見る。

——本当だ。淑妃さまがいらっしゃってる。

雲や蔓草（つるくさ）の装飾をほどこした大門の階段の上に美女が立っていた。庇（ひさし）を支える軒柱にもたれるように斜めになって、翠蘭と雪英にひらひらと手を振る彼女の柔らかなその動きのすべてが舞踊のようだ。風に揺れる花の風情で、かぐわしい香りがふわりとそこから漂ってくる錯覚を覚える。

淑妃は、月の精を思わせるなよやかな美女なのである。

「……それで、直にみんなと話す前にいくつか教えて。明明はどんな感じ？」

意図せず翠蘭の声が小さくなった。

「びゃんびゃん麺を作ろうとしていらっしゃいます。あとは杏仁酥(アンニンスー)を焼いて饅頭(まんじゅう)もたくさん作りました。うどんも作っていらしたし、他はなにを作っていらしたかな……」

雪英の返事に翠蘭は「へ、なんで？」と変な声をあげてしまった。

びゃんびゃん麺は小麦粉と水などを練って打って幅広に仕上げた麺料理で、美味しい。

杏仁酥は小麦粉と砂糖と卵を贅沢に使った焼き菓子で、これも美味しい。

雪英がふにゃりと泣き笑いのような顔になり「わかりません」と小声で言った。

「明明、怒ってる？」

「はい。粉のこねかたが尋常ではなかったので怒ってらっしゃると思います。すごいです」

「明明、怒りと心配を粉を練って発酵させて形成させることで抑え込もうとしたのね。銀泉さんと玉風さんはどう？」

「明明さんと淑妃さまをふたりきりにしてはならないと思ってくださったのか、ずっといらっしゃいます。それぞれに話題を選んで、陛下のお話にならないように、気遣ってくださってます」

「あのふたりは、世慣れてるからそうだよね。雪英も、そう」

「奴才ですか？」

「雪英も気を配ってくれていたんでしょう。わかるわよ。水月宮のなかであなたがいちばん後宮暮らしに慣れている。淑妃さまと明明の取り合わせは最悪だものね。あなた、明明が怒らないように、淑妃さまにも失礼がないようにって、はらはらしてたんじゃない？ありがとう。ごめんね」

「いえ……そんな」

「あのね、明明がいないあいだに雪英に打ち明けとく。私、淑妃さまのこと嫌いじゃないし、むしろ好きなの。陛下の伽に淑妃さまとふたりで呼ばれることは多かったけど、それが不名誉なことだなんて私は思ってないのよ？というか——助かったの」

翠蘭の声音のなかに真実を感じとったのか、雪英が瞬きをして真顔で「はい」とうなずいた。

——助けられたのよ、私。淑妃さまに。

淑妃と翠蘭が知り合ったのは、才人のふたりとの出会い同様、髑髏の事件がきっかけだった。さらに翠蘭は、髑髏の事件であぶりだされた科挙の院試の不正を調べる過程で、彼女との仲を深めていった。

義宗帝は淑妃を寝所に呼ぶときに、翠蘭も共に呼んだ。

隠し通路を使って後宮の外に翠蘭を出すために、淑妃と一緒に翠蘭に伽をさせる「ふり」をした。

——おかげで私は淑妃さまと陛下と三人で昼となく夜となく、筆舌に尽くしがたいような淫猥な日々を過ごしていると噂されて。

翠蘭は、咄嗟に思い起こされたさまざまな過去と、過去の噂を、ぶんっと振り飛ばす勢いで頭を横に振る。

過去も噂もどうでもいい。問題はいまの淑妃と明明だ。

「とにかく淑妃さまを待たせるわけにはいかないわね。急ぎましょう」

翠蘭がつぶやく。

「はい」

「だけどその前に」

翠蘭はくるりと振り返る。輿を地面に置き、担ぎ手の宦官たちがじっと拱手の姿勢をとって待機している。

自分を運んでくれた宦官たちにねぎらいの言葉をかけなくてはならない。あまり「上から」の言い方はしたくない。

かといって対等な立場でもないのにくだけた物言いをすると相手が困る。

翠蘭は、宦官たちに対しての言葉と態度に、毎回、憂慮している。

——死体を発見した私を輿で運ぶのは、験が悪いし、不安に思う宦官もいるかもしれない。禊ぎみたいなものをしてもらったほうがいいわよね？　それと、淑妃さまが水月宮に来ていてなにか揉めているのかもみたいな噂を流されては困るから、友好的に会話してるところをみんなに見てもらってから帰さないと。

いろいろな方向に頭を巡らせ、策を練る。

「顔を上げて。水月宮まで私を送り届けてくれたこと、感謝します。私はここから自分の足で歩きます」

宦官たちが揃って「はっ」と声をあげた。

「でもあなたたちはまだ帰らないで。水月宮に寄っていってもらいたいの。上巳の日の禊ぎのようにはいかないけれど、水月宮で酒の川を流してふるまうから、呑んで、帰ってちょうだい」

上巳は三月の最初の巳の日。その日は流れる川に入り身体を洗って穢れを落とす風習がある。

宦官たちは互いに顔を見合わせたけれど、翠蘭の申し出を断らなかった。そもそも昭儀の身分の翠蘭の言葉を宦官たちは拒否できない。

「――雪英、明明に言って酒の瓶を中庭に運ばせて」

「はいっ」

言われてすぐに、雪英がぴょこんと跳んで拱手してきびすを返す。引きかえす彼の背中が遠ざかり、門に吸い込まれ、消えた。

翠蘭も、きびきびと淑妃が待つ門に向かって歩いていく。

翠蘭の後ろを宦官たちが列になってついてくる。

淑妃はこちらを向いたまま、翠蘭がやって来るのを待っていた。

華封の高貴な家の娘は、纏足という、足を小さくする細工を幼い頃からほどこされている。淑妃も纏足をしている。成長を人工的に止めた小さいままの足は歪で、走ることができない。

――でも、彼女は苦痛をこらえて自分の足を取り戻している最中なのよ。

淑妃は翠蘭に、癒着してしまった足の指を自力で引き剝がし、作りかえている途中の素足を見せてくれたことがある。彼女の素足を見たとき、翠蘭の全身が震えた。淑妃は、大人たちに奪われた「自由」を、自分の努力で手元に引き寄せることのできる勇気ある女性だ。

淑妃のもとに辿りつくと、淑妃が莞爾として笑った。

「昭儀、おかえりなさい。明明と雪英があなたのことをとても心配していたわ。銀泉と玉風も。もちろん、私もよ。私もあなたのことを心配していたの」

淑妃が鈴のような声でそう言い、当然のように手を差しだす。翠蘭は自然なふるまいで彼女の手をとり、隣に並んで、腰を支えた。

「淑妃さまに心を砕いていただき、光栄に存じます」

「昭儀はたくさんの人に愛されている。私だけの昭儀ではないことが妬ましいわ」

白い肌にきらきらと輝く黒曜石の瞳。形のいいすっと通った鼻梁。花びらのような可憐な唇は化粧をせずともつやつやと紅い。

漆黒の絹のような髪を双輪に結い上げ、銀と真珠の髪飾りでまとめ、菫色の衣装を身に纏っている。飾りつけた歩揺がしゃらしゃらと音を鳴らした。

近づくと、甘い香りのなかに煙の臭いが混じっていた。

いつも淑妃が焚きしめている花の匂いの薫香とは別に、煙の臭いがふわりと鼻先をかすめる。

翠蘭は違和感を覚え、淑妃の顔を覗き込んだ。

口角の両端をきゅっとつり上げて笑う彼女は、名人が描いた天女の姿だ。美しいだけではなく、儚げで、目を離したらいつのまにかかき消えてしまいそう。

「いまこのときは、淑妃さまの手を支える、あなたのためだけの私です」

反射的に応じる。裏も表もなく、翠蘭は、思ったことをそのまま口にする。ときどき、宮女の明明に「歯の浮くような口説き文句が咄嗟に出てくるの、ずるいですよ」と嘆かれる。

「あら……そういうことをしれっと言うの？　陛下の寝所ではかわいらしいだけだったのに……あのときのあなたは猫をかぶっていたのかしら。物慣れた態度をとられると、違う人と会っているみたいな気がしてどきどきするし新鮮だわ」

しかし淑妃は翠蘭のさらに斜め上をいく。

意味ありげな流し目でとろりとした声でささやかれ、翠蘭の耳がぶわっと熱くなる。

「あれは、あれ。寝所ならではの遊びでしたから。こちらの私が本物です」

「そうなのね。こういう昭儀も私は好きよ。頼もしい。後宮のあちこちであなたに憧れている宮女が多いという噂はどうやら真実ね。私も、陛下のいない夜に、あなたに慰められたくなってしまいそう。ふたりきりで会ってくれる？」

淑妃は翠蘭にしなだれかかって、くすくすと笑う。

「陛下が許可をくださるのでしたら、もちろん」

宦官たちが翠蘭たちの会話に耳を澄ましているのがわかっているから、本当のことは言えないのだ。

——あの淫らな噂がすべて嘘だというのは、後宮では、私と淑妃さまと陛下の三人だけの秘密なのよ。

絶対に人に言えない秘密を持つことで、淑妃と翠蘭の心の距離はあきらかに縮まった。

淑妃は美人で闊達で努力家で賢くて——翠蘭は知れば知るだけ彼女のことが好きになっていった。

「そういえば、玉風が、陛下に新しく宮をいただいた話、ご存じ？」

「玉風さんが新しい宮を？　いえ。知りません。じゃあいま樹氷宮で暮らしているのは銀泉さんだけなんですね」

「それも違うのよ。玉風には道教の勉強用にって、いままで使っていなかった古い宮を払い下げたらしいの。それで、玉風は樹氷宮と、払い下げられた宮とを毎日行き来しているそうよ」

はじめて聞く話だった。

玉風にも教えてもらっていないし——義宗帝からも聞いていない。

「陛下がそういう贔屓をしてくださるのって私だけだと思っていたから、悔しい気持ちになってしまったわ。あなたも、私も、うかうかしていられないわね。陛下はあれで移り気だから」

綺麗な唇を尖らせて淑妃が言い、翠蘭は、返事に困って「そうですか」と口ごもる。

「ところで、あなたが龍の霊廟で死体を見つけて、太監に報告しに走っていったっていう噂は本当のことよね？　私はそれが心配で水月宮に来たのだけれど」

淑妃が翠蘭の耳に唇を近づけ、別な話題を持ちだす。

「本当です。淑妃さまは早耳ですよね」

「私だけじゃなく銀泉と玉風も同じ話を聞いて、ここに来たのよ」

「ついさっきのことなのに、みんな、どこからその話を聞いたんですか？」

「そんなの宮女と宦官に決まっているじゃない。後宮の路地にひとけがないと思って安心してはだめよ。路地裏や木陰に誰かが隠れて、じっとあたりの様子を窺っている。そういうものよ。それでね、私、龍の霊廟で、あなたが死体を見つけたと聞いた瞬間、秋官たちがあなたを捕らえて暴室に連れていくんじゃないかと思ったの」

「えっ、どうしてですか？」

「今回の事件は、あなたのことを邪魔だと思っている者にとって、絶好の機会でしょう？　私だったら、なんの事件も起きていないうちに、秋官たちに鼻薬を嗅がせて〝昭儀を捕らえられる事件が起きたら、すぐに捕らえて、暴室に連れていってね。あとのことはどうとでもしますから〟って言っておくもの」

翠蘭を邪魔に思っているのが「誰か」は、口にしない。

が、言われてすぐに翠蘭の脳裏に皇后の顔が思い浮かぶ。

皇后は炎を思わせる真っ赤な髪を持つ美女で、後宮の最高権力者であり、隣国の夏往国から華封に放たれた密偵である。華封にまつわるあらゆることを皇后は夏往国に伝えている。

義宗帝の神剣と認められた翠蘭は、現状、皇后にとってはとても目障りな存在だった。

「……怖いことをおっしゃいますね」

「後宮は、怖い場所よ。そんなのはいまさらでしょう? だから慌ててうちの宮女に輿を用意させて急いで水月宮に来たのよ。あなたが自白しないなら、かわりに宮女と宦官を痛めつけて証言を引きだそうとするでしょうから、私が止めないとって」

「明明と雪英に被害が及ばないように気にかけて、駆けつけてくださったんですか?」

思いもよらぬ理由だった。

「ええ。だってあなた、水月宮の宮女と宦官のことをとても大切にしているじゃない。あなたが暴室送りになったとしても、陛下があなたを救いだしてくれる。だから、私は、あなたの宮女と宦官を助ければいいんだわって。私だけじゃなく、銀泉と玉風も、そう思って、ここに来たんじゃないかしら。ちゃんと聞いてはいないけど……きっと、そう」

驚いて言葉を失った翠蘭の手を、淑妃が指先でとんとんと軽く叩いた。

「あなたが無事に戻ってきたときに、宮女と宦官がいなくなっていたら、あなたは泣いてしまう。だってあなたって、いつだって、自分のことより、まわりの誰かのことを気にしているんですもの」

淑妃の気遣いが胸に沁みた。

「ありがとう存じます」

吐息みたいな声が出た。震える声に感情が滲んでいるのが自分でもわかった。

翠蘭は淑妃を支えていた手をそっと離し、揖礼する。

「ほら、あなた、やっぱりそう。自分のまわりの誰かが助けてもらえることに深く感謝する。顔を上げなさい」

「はっ」

淑妃は翠蘭の腕にするりと自分の手を巻きつかせ、もたれかかる。

「だから——あなたは、まわりのみんなに、愛されるのね」

中庭の手前の屛門を淑妃とふたりでくぐり抜ける。

雪英に酒の瓶を用意してと頼んだはいいが、翠蘭が主の水月宮は、宮女の明明と宦官の雪英の二名しか雇用していない、つましい宮だ。蔵にしまっている酒瓶は、どれも三歳児がなかに隠れることができそうな大きさだ。あの瓶をふたりだけで中庭に運ぶのは難儀だろう。

——とはいえ、銀泉さんと玉風さんなら、雪英を手伝ってくれそうよね。

そう思いながら歩いていると、中庭に面して建つ蔵からちょうど雪英と綺麗な出で立ちの女性がふたり瓶を抱えて出てくるのにいきあった。

ふたりの女性は——妃嬪であった。

義宗帝より樹氷宮を預かった才人の、銀泉と玉風だ。

「翠蘭さまが留守のあいだにお邪魔をしておりました。酒をふるまってくれると聞いたら、あたし、黙ってられなくて、はりきっちゃった」

銀泉が肩をすくめてにやりと笑ってそう言った。どうやら銀泉は酒が好物らしい。

彼女は女性らしい肢体を持った美女である。後宮の妃嬪のなかでは珍しく日に灼けた肌を逆手にとって、山吹色の濃淡の色を下から上にぼかして染めた衣装を落ち着いた風情で着こなしている。袖や襟に刺繍されているのは緑の若葉。領巾は、他では見たことがない、灰色がかった黄褐色だ。

「そうなんですよ。銀泉さん、雪英に〝お酒〟って言われて、はりきりすぎて、参っちゃった。自分も呑む気満々ですよ、この人」

闊達な笑い声をあげたのは玉風だ。

銀の耳飾りが彼女の耳朶で揺れている。白と紅を組み合わせた衣装で袖や裾に梅の花と鳥を散らしているのが華やかで、愛らしい。

彼女は、美女揃いの妃嬪のなかでは目立たない。が、逆に彼女は抜け出たものがないぶん、誰にも嫌われる要素がない性格の持ち主である。

なにがいいといって、玉風は、話していて楽しい女性なのだ。勉強熱心で、知識も豊富で、機知に富んでいる。妃嬪に必要なのは見た目だけではない。中身も大事だ。

「ありがとう。あなたたちのような美女に運んでもらったお酒はきっと邪気を祓ってくれるわ。重たいでしょう？　そこに置いて」

翠蘭が手伝ったとしても中庭の真ん中まで運ぶより、瓶を置いた場所に宦官たちを集わせるほうがたやすい。

「置いていいのね。助かった」

銀泉が大きく息を吐きだして、そう言って瓶から手を離す。

三人で抱えていたのに、ひとりが急に手を離すものだから、均衡を崩し、酒瓶がひっくり返りそうになる。

「わっ」

瓶を抱えていた残りふたり――雪英と玉風が声をあげながらも、瓶をなんとか支え、ゆっくりと地面に置いた。

「ちょっと銀泉さん、いきなり手を離さないでよ。危ないじゃない。離すときは先に離すって言ってくれないと。ねぇ、雪英？」

玉風が銀泉に文句を言う。

宦位の低い宦官の雪英にとって才人の銀泉と玉風はふたりとも身分が上だ。雪英は、はい、とも、いいえとも言えず目を白黒させ、困り顔になって翠蘭を見た。

「雪英、悪いけど、私の部屋に切った青竹がいくつかあるからそれ全部持ってきてくれる？　銀泉さんと玉風さんは、明明に聞いて、杯を持てるだけ持ってきて」

雪英は理由を問うことなく「はい」と応じ、中庭を去っていった。

けれど銀泉はそうはいかない。

「青竹が部屋にあるってどういうこと？　それを持ってこさせてなにをするつもり？　杯はわかるわ。ここのみんなにふるまうなら、必要だものねぇ」

酒瓶の縁に片手を置いて身を乗りだし、酒瓶の上に載せて運んだ長柄の柄杓(ひしゃく)を手に持って、興味津々で聞いてくる。玉風も銀泉の隣に立ち「それは私も知りたいです」と同意した。

翠蘭は淑妃を伴いゆっくり酒瓶に近づく。宦官たちは酒瓶のまわりをぐるりと囲んで、固唾を呑んで、翠蘭たちを見守っている。

「青竹が部屋にあるのは、たまたまちょうどいい青竹が手に入ったからです。それを斧と鋸ですぱっと縦半分に割って、乾かしてました。どうして割ったかっていうと……健康にいいからです」

翠蘭が故郷の山奥で育ての親の老師に教わった健康法のひとつである。

「青竹を割って短い丈にしたものを、曲面が上になるように床に置いて、交互に踏んで、足の裏の土踏まずを刺激すると身体にいいし、足の疲れが取れるの」

銀泉と宦官たちがぽかんとした顔で聞いている。玉風だけは「土踏まずには鍼灸のツボがありますから、そういうこともあるのでしょうね」と、うんうんとうなずいた。

玉風はいろんなことをよく知っているのだ。

淑妃は感心した顔で翠蘭の話に耳を傾けている。

「健康にいいし、あと、たぶん邪気祓いにもいいんです。晴明節にも老師に青竹を踏まされました。土地によっては青竹を使わないところもあるのかもしれないですが、私の老師はそうしてました。そもそも清々しい香りのする青竹は、身体のなかの悪いものを祓うと言われています」

晴明節は先祖供養の日だ。墓を修復し、のびた草を刈って整え、供物の冥銭を燃やす。

老師と暮らした山に墓所はなかったが、供養のための霊廟は建っていた。

小さな霊廟だったけれど、祭壇があり、角が丸い三角形の石が祀られていた。手のひらのなかにおさまるくらいの石だった。老師は飄々とした性格で「そのへんで、この山の形に似た、ちょうどいい石を拾ってきた。形のあるものがなにもないと拝みづらいから」と説明した。

——邪気払いとか潔斎も、そうだよね。形としてわかりやすいことをしないと、みんなその気になれないのよ。とにかくわかりやすく祓っておかないとね。

不思議なもので、老師を頼って山奥までやって来た腕自慢の男たちの多くが、祟りや呪いを心のどこかで怖れていた。筋肉疲労も擦過傷も刃の傷の痛みも「こんなのは勲章だ」とか「舐めれば治る」と高笑いして受け入れるのに、外傷のない頭痛や、身体の痛みには弱く、ひどく不安そうにしたものだ。なぜかみんな、最初はそういった痛みを「なかったこと」にしたがった。気のせいだと思いたがり、続いて「呪いか祟りかも」と不安がった。老師は彼らに対して、まず石の祭壇を拝ませ、目に見える形で「邪気払い」を執り行った。もともとは、そのへんで拾ってきた石だが、それを伝えなければみんなありがたがるのである。

思えば、翠蘭が、事件の解決の度に「目に見える形を作り邪気を祓ったふりをする」癖は、老師と共に暮らした日々の結果だった。そうしておけば、まわりが安心するということを、翠蘭は無意識に学んできたのであった。

——老師は納得させてから、次に「医者にいけ」って追い返してたけどね。

老師御用達の名医が、ひと山越えた村里で暮らしていた。紹介状を持たせて追い払った先で、命拾いしたと言って、後になって感謝の手紙と金品が届けられたことが何度もあった。医者の所見や診断の詳しい手紙も同封されていて、人体の図解入りの興味深いものだったので、翠蘭もときどき見せてもらっていた。

翠蘭はいろんなことを老師に教わってきたのであった。

——やたらとうろちょろひとりで出歩く義宗帝が謹慎をすると言って去ったくらいだか

ら、龍の霊廟で死体を見つけたというのは相当な穢れなのよね？

「私を運んでくれた宦官の皆さんにも青竹を踏むことで邪気を祓ってもらうつもり」

なので翠蘭はそう重々しく告げた。形を整えて、祓うのが大事だ。

翠蘭は穢れや不浄というものをそこまで深刻にとらえる質ではないのだけれど、宦官をはじめ後宮で暮らしている者のほとんどが呪いや穢れを気にするので。

案の定、翠蘭の説明に宦官たちが目を見張り「なるほど」「それはありがたい」「水月宮の昭儀さまは、神剣を賜って、幽鬼を祓うことができるという話だし」「昭儀さまの青竹を踏んで帰れば、呪われることはないだろう」などとささやいている。

翠蘭が話している途中で、雪英が青竹を抱えて走って戻ってきた。

その後ろからたくさんの杯を入れた籠を手に小走りで駆けてくるのは――明明だ。

宮女の明明は、翠蘭より三つ年上の楚々とした美女である。初夏の川辺のしだれ柳に似て、なよやかで、しなやかで、細くて、清々しい。

明明は、翠蘭が赤子のときからずっと側にいて、翠蘭の面倒を見てくれていた女性である。翠蘭が間違ったことをすると叱りつけ、怪我をしたら手当てをした。たった三つしか違わないのに、姉代わりであり、母代わりでもあった。

――明明は、私と一緒に後宮に来る義理はなかったのよ。

なのに翠蘭に双子の姉の代わりに後宮に嫁げと両親から手紙が来たとき、当然という顔で、翠蘭について後宮に来てくれた。それが心強かった。

一生かかっても彼女から受けた恩は返せないと翠蘭は思っている。明明は翠蘭にとって、誰よりも大切な人で、誰よりも自分を理解してくれる相手だった。

「さすが明明。頼まなくても、気を利かせてくれる。ひとつ伝えたら、三手先まで気配りをしてくれる。ありがとう」

「もったいないお言葉でございます」

明明が澄ました顔で応じる。

「じゃあ、それを宦官たちに渡して」

「はい」

明明が籠を持って杯をみんなにひとつずつ手渡しているのを横目に、翠蘭は短い竹を平らな地面に置いた。

「こちらの短い青竹は切って割っておいただけで、使っていません。皆さん、ここに置くので順番に踏んでいってくださいね。それからこっちの青竹――長い方で、酒の川を作ります。川というより、この角度だと、滝になっちゃうかしら。滝も川も、身を清めるにはうってつけだから、どちらでもかまわないですよね。銀泉さん、柄杓を貸してください」

自分の腕の長さくらいある青竹を手にし、銀泉の手から柄杓を受け取る。青竹を斜めに傾けて酒瓶の口に寄せる。

酒瓶に柄杓を差し入れ、酒を掬う。

青竹の高い位置に柄杓で汲みだした酒を注ぐと、酒は竹を通る際に竹の香りをまとって、下に流れる。

流れ落ちた酒を杯で受け止めて、それを呑んでもらおうという趣向である。

「さあ、誰から呑みますか。ひとり一杯なんてケチなことは言いません。この酒瓶が空になるまで、ふるまいますよ。だから早い者勝ち。たくさん呑んだ者勝ちです」

カンッと柄杓で酒瓶を軽く叩き、翠蘭は威勢よく言う。

「じゃあ、あたしが一番乗りでいただくわ」

ぱっと杯を青竹の下に差しだしたのは銀泉だ。

「銀泉さん、祓わなきゃならないようなことしてないじゃないですか。なんで一番最初に呑むんですか」

玉風が呆れたように言うのに、銀泉がにんまりと笑う。

「禊ぎは、しないよりしたほうがいいんだよ。酒が祓ってくれるならなおのこと。さあさあ、あんたたちもあたしの後ろに並ぶといいよ。呑んで、そうして竹を踏んで、踏み終えたらまた呑んで」

「もうっ。調子がいいんだから」

玉風の苦笑を右から左に聞き流し、銀泉はわくわくした顔で青竹を流れる酒を待っている。

「もったいないから、こぼさないようにしなくちゃならない。翠蘭さま、杯ぴったりの量で頼みますよ」

翠蘭は柄杓で酒を注ぐ。半分に割り節も削った竹のなかを酒がさらさらと流れ落ち、銀泉が差しだしていた杯を満たす。

目分量だったけれどちょうどよく杯におさまった。

「いただきます」

銀泉は、口で杯をお迎えしてずずっと啜って呑む。この呑み方は相当な酒好きだ。

「美味しい〜。ぜんぶの穢れが流れ落ちて消えてしまいそうな甘露の味だよ。——ささ、どうぞどうぞ」

銀泉は後ろに下がり、宦官たちに場所を譲った。

次々と青竹の先に杯を寄せる宦官たちに、翠蘭は酒をふるまったのであった。

酒の勢いで宦官たちの緊張も緩んだようである。

ぽつぽつと気安い会話もはじまり、翠蘭は聞くともなしに、聞いていた。

おもに殺された鄭安と、龍の霊廟にまつわる話であった。

「最近の鄭安さまは、しきりに頭が痛いとおっしゃっていて——そのせいでいつも怒鳴り散らして、あれはひどいもんだった」

「まったくだ。あの勢いで怒られていたら、誰の恨みをかっていてもおかしくなかろうな」

「そもそも鄭安さまは鄭安さまだから。それより龍の霊廟の呪いこそが、いよいよ本物だ。俺たちの代でも人死にが出るとは」

「あそこにはできるだけ行きたくないね。あの場所は、花の様子もおかしくなるって聞いている。活けた花が急に花開くことがあるし、かと思えば急に枯れるんだそうだ。花が枯れるなら、人にだって作用する。他の建物では起こらないことが起こる」

そしてひとしきり噂をしては、翠蘭と、酒瓶を眺めて「祓ってもらえてありがたいことだ」と感謝するのであった。

宦官たちはそうやって酒瓶を呑み干し、去っていった。

一方、銀泉と玉風は「自分たちはまだやり残したことがあるから」と言って、水月宮に残った。

ふたりは、片づけをする明明の後をついていく。淑妃も「私も」と微笑んで、翠蘭に手を差しだした。

連れていけということなのだろうと、翠蘭は、淑妃の手を支えた。

それで全員でどこに向かうのかというと——厨房であった。

「……作りに作ったねぇ」

厨房に足を踏み入れた途端、翠蘭の唇から言葉が零れる。

作業台の上に調理用の板と、小麦粉を練って発酵させたものがはいった器がいくつも置いてあった。発酵して膨らんだタネの表面が、いまにも破裂しそうにぱんぱんだ。刻んだ野菜が入った椀。放置された包丁。蒸す直前のマーラーカオを並べたままの鍋。蒸したり、揚げたり、焼いたりする前に、濡れた布巾を載せて休ませた、さまざまな種類の小麦粉を練って作る食べ物が、作業途中のまま、放置されている。

「仕方ないじゃないですか。おかしなところで死体を発見してそのまままったく戻ってこない娘娘のことを待ちながら‼　作ったんです‼　娘娘がすぐに帰ってこなかったからこうなったんですよ」

「ごめんなさい」

明明の勢いに翠蘭は四の五の言わずに謝罪する。けれど明明の勢いは弱まらない。

「太監や秋官に連絡をする暇はあっても、水月宮の私たちにひと言、どんなことになっているのか知らせを走らせようと思いつかなかったんですよね。そうでしょう？」

明明が目をつり上げてそう言った。

「はい。ごめんなさい」

さらに自動的に謝罪を口にしてしまう。あやまり倒すしか術はない。明明は怒ると怖いのだ。下手に言い返すと、火に油を注ぐことになる。

頬を引き攣らせながらも翠蘭は淑妃を作業台の前の椅子に誘い、椅子を引いて、座らせた。淑妃は肩にはおった領巾を片手でまとめ、翠蘭を見上げて甘い声で語りかける。

「ねぇ、昭儀。この杏仁酥はとても美味しく焼けたのよ。私も作るのを手伝ったの。食べてみて。お願い」

怒られている翠蘭の事情なんておかまいなしだ。明明の目がこれでもかというくらいつり上がり憤怒の形相になっている。

――でも、淑妃さまにお願いされちゃうと断れないのよ……。

命令ではない。威圧的でもない。けれど淑妃が甘える言い方でささやく「お願い」の効果は絶大だ。

淑妃は明明と翠蘭のやりとりを一切無視して、白い指で杏仁酥をつまみ、翠蘭の口元に差しだす。

ひな鳥みたいに口を開けろというのだろうか。

翠蘭は目を白黒させてあたりを窺う。

銀泉は酔っているので、もはや、なにを見ても楽しいらしく満面の笑みを浮かべている。

玉風は明明と淑妃の顔を見比べて、心配そうにしている。明明は憤懣やるかたなしという感じで淑妃を睨みつけ、雪英はどうしたらいいのかがわからなすぎるのか、あたふたと作業台に近づき両手をさまよわせた。

焼き菓子の甘い香りが鼻腔をくすぐる。

「いい匂いです」

淑妃と門で会ったときに感じた煙の臭いは、厨房に満ちる美味しそうな香りに紛れ、もう辿れない。

──淑妃さまが、いつもと違う臭いがしたのは、焼き菓子を作るために竈の側にいたからね。

思考を巡らせる翠蘭に、淑妃がささやく。

「匂いだけじゃなく味もいいのよ」

淑妃は、淑妃だ。昭儀より上の立場。そして懇願する表情が、愛らしくて、上目遣いでお願いされるとむげにできなくなる。

翠蘭には淑妃が手ずから与えてくれるという杏仁酥を拒絶するのは無理だ。ままよと口を大きく開けると、ぽんっと杏仁酥が口のなかに放り込まれた。

杏仁の香りがして、嚙むと、さくっとした食感が心地よい。甘さがほろりと舌先で溶けていく。

「美味しい」

口もとを両手で押さえ、そう言った。

本当に美味しかったので。

「でしょう?」

淑妃が自慢げに言う。

「淑妃さま、料理もお上手なのですね」

ふたりの会話を聞いていた明明が、不服そうに鼻を鳴らした。淑妃がちらりと明明を見て、微笑む。

「あなたの宮女は、私のことが嫌いなようね。でも、私を追い返さずになかに入れてくれたわ。私の宮女と宦官たちは、私を乗せた輿を担いでここまで連れてきてくれたのに、大門のところに私を置いて、すぐに帰ってしまったの」

淑妃の言葉を聞いて、明明の頰がかっと赤く染まった。

「……追い返せるわけないじゃないですか」

明明はぶつぶつと小声で釈明し、翠蘭と淑妃から顔をそむけて作業台に向き合う。

「ええ。私は、昭儀のように自分の足で長く歩くことができないものね? 雪英が私の手を支えてくれたわ。明明は、私のための椅子を用意した。ふたりとも、よく気がついて、優しいのね」

長い距離を歩けない淑妃がひとりきりで置いていかれて、放置できる明明ではないのである。手伝ってと言われて手を出されたら、それを拒否できる雪英ではないのである。

淑妃のことだ。明明と雪英がどんな性格かを事前に調べて、計画を練って、水月宮に来たのだろう。宮女たちと輿を帰したのは、きっと淑妃の企みだ。

明明と雪英は、まんまと淑妃の企みにはまって彼女を水月宮に入れてしまったのだ。

――でも、それでこそ明明と雪英なのよね。

「それでね、私もお菓子を作ってみたいとお願いしたら、明明が作り方を教えてくれたのよ。この杏仁酥は雪英と一緒に作ったの。昭儀はこんなに良い宮女と宦官に仕えてもらって幸せだこと」

翠蘭自身を誉められるより明明と雪英を誉められるほうが嬉しい。

「はい。幸せです。水月宮は宮女と宦官に恵まれております」

翠蘭の言葉を聞いて、明明が耳まで赤くした。無言で、発酵して膨らんだ他のタネを手早く形成し、油を塗って、平らにのばす。何度かそれをくり返し、くるりと巻いて花巻(ホアジュアン)を作ると鍋に並べていく。

――心配でいてもたってもいられなくて、粉を練りだしたって、なんだかとても明明よね。

「私がお腹をすかせて水月宮に戻ってくるって、明明は、わかっていたのでしょうね。いまとても空腹です」

笑って言うと、玉風が「私も空腹なんです。明明さん、私もなにか手伝ってもいいですか？」と快活に尋ね、明明の横に並んだ。

玉風の明るさが、その場にわだかまっていたなんとも言いようのない固い空気をふわっとゆるめた。

「本来でしたら妃嬪の皆様に手伝っていただくのは畏れ多いのですが……皆様が楽しんでくださる余興になるのでしたら——喜んで」

恐縮して応じた明明に、玉風が明るく告げる。

「ありがとう。明明さんの食べ物はどれも美味しいから、作り方を教わって、自分の宮に戻って同じ材料で作ってるのよ。でも明明さんほどには上手くできない」

明明は粉だらけの手でさっと拱手してから、作業台に向き合う。

「もったいないお言葉です。それから、私のことは〝明明〟とだけ呼んでください。私は宮女で、玉風さんは妃嬪なのですから。——雪英、火を熾して。饅頭も、花巻も、みんなふかしましょう」

雪英が「はい」と元気よく返事をし竈に火を入れた。

なんとなく丸くおさまってくれてよかったなと思いながら、翠蘭は、目の前に積んである杏仁酥をさくさくと食べた。後を引く美味しさだったので無意識だった。

明明が翠蘭を見咎め、ぴしりと告げる。

「翠蘭娘娘、そんなに次々と杏仁酥を食べないでください。饅頭に花巻に、猫耳麺、びゃんびゃん麺も作るんですから。全部、食べてもらいますよ。お腹の隙間をあけてお待ちください」

言いながら明明は打ち粉をした板の上に、発酵させていたタネを載せ、麺棒でのばしはじめる。

猫耳麺はタネを指でちぎって作る料理だから、綿棒を使うこれは――びゃんびゃん麺だ。

「それはさすがに作りすぎじゃない？　びゃんびゃん麺はなくてもいいと思うけど」

「びゃんびゃん麺は絶対です。苛々しているときはタネを発酵させるに限ります。ちぎったり、丸めたり、のばしたり、焼いたり、茹でたり――発酵したタネの可能性は無限です。そして粉をこねているあいだは手ざわりがただひたすらふかふかなのです‼」

明明は、解説しながら、麺を打ちだした。手早い手つきで長くのばしたタネを包丁でざくっと切って、両端を手にして引っ張って、縄跳びの縄みたいにびょんびょんと回しだす。

タネを鞭のようにしならせている手さばきに、ありったけの怒りがこめられているのが見てとれた。ふかふかだけでは、受け止めきれなかったものがあるのだろうことが伝わった。

「ふかふかじゃなくびょんびょんだけど」

思わず言うと、明明がきっと翠蘭を睨みつける。

「ふかふかだしびょんびょんです。発酵させたタネを力いっぱい殴りつけたら、ふかふかが、私の拳を受け止めてくれるのです。腹が立てば、そのふかふかをちぎり、叩きつけ、さらにこねる。びょんびょんさせて、びゃんびゃん麺にするんです」

麺をぐるぐると回転させ、据わった目で語る明明から、視線を逸らす。

「そう……」

これ以上、触れてはならない気がした……。

翠蘭がちまちまと杏仁酥を摘まんでいるまに、明明はびゃんびゃん麺を打ち終えて、茹でた。ひき肉をざっくりと炒めながら甘じょっぱく味つけし、山椒(さんしょう)とごま油を利かせたタレをかけて、器に盛りつける。

それだけではなく、次は練った小麦ダネを、小さく捻りあげ猫の耳のような形にして茹で、茸(きのこ)と肉で出汁(だし)をとった汁で煮込んだ猫耳麺も同時に仕上げる。ふかしたての花巻と饅頭もできあがる。饅頭は肉や野菜、甘い餡(あん)など、具材がとりどりで、食べ飽きない。

できた料理を餐房(さんぼう)に運び、みんなで円卓を囲んだ。

美味しい料理に全員が舌鼓(したつづみ)をうち、ともに料理を作ったのだという一体感が気持ちをまろやかに包んでくれていたが——翠蘭はどうにも居心地が悪かった。

明明が、極力、淑妃を見ようとしないので。

淑妃は、明明の気を惹きたくてたまらないようで、たまに話しかけている。とってつけたような返事をする明明に、玉風と雪英がおろおろし、銀泉はずっと笑っている。銀泉は酔っぱらってしまって、なにもかもが楽しいままなのだ。

銀泉が羨ましいと翠蘭は思った。

——私もお酒を呑めばよかった。

料理が美味しいと言い合って、でも、沈黙になると、どうしても今回の事件についての話が混ざり込む。特に酔っている銀泉が、ぐいぐい聞いてくるのだ。

「なにはともあれ翠蘭さまが戻ってきてよかったです。もともと龍の霊廟は呪われているっていう噂があるから、翠蘭さまがあそこで呪詛を施したのだなんて嫌疑で秋官たちに引っ張られかねないって心配してたんですよ〜」

「呪われているって、どういうこと？」

酒をふるまったときに宦官たちも言っていた。

「知らないんですか？　龍の霊廟ではけっこう死人が見つかっているんですよ。あたしが来てから死んだ人はいないけど、先代皇帝の御代の後期、あそこで死人が見つかる事件が相次いであったって聞いてますよ。……たしか三年のあいだに続いて十人くらい死んだんだったかしら」

「十人？」

事故が起きそうな崖とか水辺ならまだしも、建物のなかで死人が見つかるのなら多すぎる。

思い返すと霊廟を調べていた秋官たちの顔色は悪すぎた。あれは呪われた霊廟でさらなる死体が見つかったゆえの恐怖の表情だったのかもしれない。

「でもそれって先代のときの話ですよ。今上帝になってからは死人は出てないって聞いてます。そうですよね、雪英？」

玉風が麺を啜るのを一旦中断し、雪英に聞いた。

雪英の顔がみるみる青ざめていく。雪英はものすごく怖がりで呪詛や幽鬼や祟りといったものを信じている。

「はい。陛下の御代になってから龍の霊廟に清浄な風が吹いたと聞いております。義宗帝に永遠の栄えあれ」

雪英は行儀がいい返事をした。

「でも、陛下の代になってからも、掃除に入った宦官の具合が悪くなるんでしょう？　あそこで頭が痛くなったり、目眩（めまい）がしたりする宦官や宮女の話、よく聞くわよ」

銀泉がさらっと返す。

「仕方ないです。後宮の墓所も霊廟も東北の外れに作られているんです。地相学者と名のある道士が後宮の設計をしたと聞いてますが、眉唾（まゆつば）ですよ。普通なら、わざわざ鬼門にそんなものをこしらえないもの」

玉風が、眉根を寄せて、そう言った。

翠蘭はどこかで同じ話を聞いたことがあるようなと首を傾げ、思いだす。

「髑髏が見つかった事件が起きて、尚寝官のところで話を聞いたときに、玉風さん、同じようなこと言ってましたよね」

「私、言ってましたか？」

玉風がきょとんと聞き返してきた。

「ええ。それで、尚寝官が……縁起のいい方位に霊廟を作るより、鬼門の東北に、幽鬼の通り道をつけておいたほうがいいんだって言っていたような……」

翠蘭がぼんやりと覚えていることを口にすると、

「そうでした、そうでした。後宮に来たときからいろいろと疑問だったんですよね。あのときの尚寝官の説明が、たしか、龍の通り道がちょうど川になって流れて紫宸殿横にある池で行き止まりになるからっていうお話で……」

「そうだったっけ」

記憶の糸をたぐり続ける翠蘭に、玉風が明るい顔で「はい」と、うなずく。

「あまりにもおかしな説明だったから、ずっと頭に残ってるんです。〝後宮に支流を引きこんだ川は、西南に流れている。で、その川で龍の通り道を作ってる〟という説明だったんですよ。でも西南は裏鬼門で東北の鬼門と対になり、より邪悪な力を強めるんです。龍の力は紫宸殿の池で補強され反対の方向に建てた墓所と霊廟に流れていく」

嬉々として語りだす玉風を、みんながあっけにとられながら見つめた。

玉風は南都の力のある道士に育てられた娘であった。幼いときから道教について学び、道術に詳しいのだ。

「道士ならそんな設計はしないはずです。で、その事実について調べたくて、陛下に、後宮の正確な地図をお借りしたいと文書を出したんです。そうしたら陛下から〝地図は出せない〟という返事が届いて……でも自分の足で調べるのは許可するっておっしゃったから……」

「玉風さん、それで古い宮をひとつ与えられて、そこを起点にして、独自の地図を作っている途中なんですよ。最初はあたしもちょっと嫉妬したんですけどね……そこまで陛下の寵愛を受けていらっしゃるのが羨ましくて」

銀泉が口を挟む。

玉風が「ちょっと銀泉さんっ」と手を振った。

「そういうんじゃないんですよ。陛下はたしかに私のところにいらっしゃるけど、でも私、龍床に呼ばれたことはないんですよ。ただ、陛下が用意してくださった宮には道教についての書物がたくさん積んであって、陛下と一緒に本を読むことがある……というか」

玉風は青ざめて弁解をはじめる。

——淑妃さまだけでも大変なのに、玉風さんも陛下の愛を受けているとなると、明明がどんな顔してるのか私も怖い……。

翠蘭はちらっと明明を見る。明明は口をぎゅっと引き結び、湧き出る気持ちを抑え込んだ末の無表情だった。「無」の裏側に怒りが渦巻いているのが翠蘭にだけはわかる。

「そんなことないじゃない。いいなあ……って……あっ」

銀泉が羨ましそうに玉風を見てから、自分がなにを言ったのか気づいたのか、言葉を止めた。

「本を読んでいるんです。おもにそれだけなんです。寵愛なんてとんでもないです」

玉風がくり返して、弁明する。

「写しであって原本ではないんですが、それでも華封の国で代々伝わってきた古書です。読んだことのない本ばかりで、学べば学ぶだけ疑問が湧くし、湧いた疑問を解決するために新しく別な本を紐解いたら、それもまたとてもおもしろい内容で……」

「さようでございますか」

明明が平坦な言い方で告げる。

——とにかく、怒ってる。

翠蘭は目を瞬かせた。その場にいた淑妃以外の全員が気まずそうに明明から顔を逸らした。

淑妃と翠蘭と義宗帝のふらちな伽の噂以来、明明は「翠蘭以外」の妃嬪たちが義宗帝の加護を「ひとりで」受けることにも我慢がならないらしかった。

「あ、あたしも……玉風さんのところに、本、読みにいこうかな」

銀泉がとってつけたようにそう言い、玉風が「はい。ぜひ」と即座に応じた。

「銀泉さんにも来てほしいです。銀泉さん、ときどき、やることがなくて退屈って、ぼやいてるじゃないですか。後宮にいると、ちゃんと食べて暮らしていけるけど、ずっと同じ毎日が死ぬまで続くのかと思うとちょっと退屈だって。私も、このあいだまで、似たようなこと感じてたんですけど、いまは違いますよ。退屈を感じる暇がないんです」

銀泉がためらいがちに応じる。

「あたし読み書きできないけど……いいかしらね」

「読み書きなら教えますよ？　一緒にやりましょうよ、読書と道術の研究」

「道術は、遠慮しとく。でも……宮をいただいたのは、玉風さんにとってもいいことよね。例の髑髏の件の後、あなた、魂が抜けたみたいになってたからさ」

銀泉がぽろりと零した言葉に、玉風が「銀泉さん、最近そればっかり言いますよね」と苦笑する。

「だって、玉風さん、伯母（おば）さんを捜しに後宮まで来てさ――その伯母さんが殺されてたってわかって、犯人もわかって——ホッとしたけど、目的がなくなって、ぼやんとしちゃってたじゃないのさ。この後は、もう、死ぬまで後宮に閉じこもって過ごすわけじゃない？後宮で生きてく先の長さにあらためて気づいて、呆然としちゃってたの、見てて、わかったからさあ。……って、あ」

そこまで話して、唐突に、銀泉は自分がまたもや口を滑らせてしまったことに気づいたようである。

——私たちは知ってるけど、淑妃さまはこの話の詳細を知らないはずなのよ。

玉風の育ての親である伯母は宮女として後宮入りした後、姿を消した。玉風はその伯母を捜すために後宮に来た。そして伯母が亡くなっていることを知ったのだが、伯母を殺した犯人を見つけることができた。

「銀泉さん……本当に飲みすぎですよ」

玉風が咎め、銀泉が素直に「はい」とうなずく。

淑妃が優しく微笑んで、玉風を見た。

「あなたたちにもいろいろな事情があるのでしょうね。後宮に輿入れする妃嬪も宮女も、誰もかれもみんな、いろいろな事情を抱えている。そしてほとんどの妃嬪と宮女が、死ぬまでここを出られない。後宮のなかに生き甲斐を見つけるのは、いいことよ」

取り繕うことなく、知っている事実をぽいっと言い捨てるだけの言い方だった。

感情のこもらない話しぶりだからこそ、その場にいる全員の胸に沁み込んでいくのがわかった。

——どんな事情であれ、故郷や家族、過去と切り離され、いま、ここにいる。

それだけはみんな同じだった。

「玉風のその宮は、居心地がいいの？」

淑妃が続ける。

玉風が「はい」と嬉しそうに応じた。

「居心地は最高です。知識の宝庫なんです。あんなにたくさんの書物のある宮がずっと放置されていたのは、もったいないし、誰も学ぼうとしなかったのはとても悲しいことですよ」

刹那、翠蘭の胸に去来したのは、いままで感じたことのない奇妙なざわめきであった。

——ずっと放置されていた宮ならば、書物は別の場所に運び去られていたんじゃないかしら。

義宗帝は、ぬかりない。知識の大切さも知っている。彼は、貴重な書物を無駄に放置しやしないのだ。

——玉風さんは、賢くて努力家で性格がいいから、陛下も応援したくなって、別な宮を払い下げたってことよね。

そして、書物を、彼女のために運ばせた。

「……あなたは陛下にとって有能な手駒になり得る人材だということね」

ぽつりとつぶやいたのは淑妃であった。

「まさか。私はとるに足らない立場の、才人です」

玉風の返事を淑妃が受け流す。

「謙遜しないで。陛下は無駄なことをする方ではないわ。だから陛下に宮を与えられたというのなら、あなたにはなにかしらの才覚があるということよ。あなたがやっていらっしゃるのは道術と地相学だけ？」

探る言い方の淑妃の問いかけに、玉風が警戒したように「……え、あ、はい」と歯切れ悪くうなずいた。

淑妃が義宗帝の寵姫だと思いだしたのであろう。

――淑妃さまも、玉風さんも、義宗帝の加護を願っている妃嬪だから。

実をいうと、華封の後宮で、義宗帝の寵姫になることを望んでいる妃嬪は少ない。義宗帝は飾りものの皇帝で、なんの権限もない。しかも、身ごもると腹の子どもごと夏往国に連れていかれるのだ。

それくらいなら、義宗帝に愛されないまま、平穏に、つましくここで暮らしていきたいと願う妃嬪のほうが多いのである。むしろ、義宗帝がいなくなれば自分は後宮から脱出できると思い、皇帝を暗殺しようとする妃嬪もいるくらいだ。

そんななかで淑妃と玉風は、珍しく、義宗帝を慕っている。

――意外なところで恋敵同士だと気づいてしまった？

「ところで、あなた、私にも道術と地相学を共に学ぼうと誘ってくださらない？　お願い」

柔らかく微笑む淑妃に、玉風が目を泳がせた。

「書物しかなく、宮女もいない、寂れた宮でございます。あのような粗末な場に、淑妃さまをお誘いする勇気はございません」

婉曲的にだが、しっかりと断った。

「この私が願っているのに、どうしてそんな冷たいことをおっしゃるの？　ひどいわ」

淑妃は、寂しげに目を伏せた。

玉風が慌てたように、

「申し訳ございません」

と謝ったところで、淑妃が「お誘いをありがとう。昭儀と一緒にうかがうわ」と素早く返事をする。

「え」

誘ってない、と、玉風の顔に書いてある。

誘ってなかろうが「お誘いをありがとう」で返されたら「誘った」ことになる謎の後宮妃嬪会話術。

——淑妃さまは、そういう方だから。

巻き込まれてしまった翠蘭は、自分の顔を指さして、

「私もですか？」

と淑妃に尋ねた。

「ええ。昭儀も気になるでしょう？」

——道術も地相学も、そこまで気にしたことないけど。

それでも淑妃の「お願い」は、命令だと翠蘭は知っていた。だから、頬を引き攣らせ

「はっ」と拱手する。

「翠蘭さまも、ぜひ、いらしてください。宮の掃除をしてからおふたりをご招待いたします」

玉風はホッとした顔で翠蘭を見た。淑妃とふたりきりで道教を学ぶのは彼女には荷が重いのだろう。

「私も掃除、手伝うわよ」

何気なく返したら「とんでもないです。それに……申し訳ないのですが、書物と竹簡の整理は私以外の人にしてもらいたくないのです。どこになにが置いてあるかを自分で把握

したいので、お心遣いは無用でございます」と、きっぱりと言いきった。

——この言い方からすると、勉強用の宮に他人が入ってくるのは困るから、いままで、私にも新しい宮の話を伝えなかったっていうことか。

隠すべきことは隠す。

主張すべきところは主張する。

そういう態度は嫌いではない。むしろ好きだ。

義宗帝が彼女を気に入るのも当然のことと思える。

「話が逸れてしまったわね。さっきの、後宮の設計がおかしいというお話をもう少し聞かせてもらってもいいかしら」

淑妃が言うと「ご興味がおありなのですか」と玉風がぱっと笑顔になって、聞き返す。道術や地相学の話ができるのがよほど嬉しいようだ。

「もちろんです」

そして玉風は早口で後宮の方角と、川と池の造りに山の造形などを述べはじめた。

「龍脈という流れがあるんです。大地の気が地中を走って流れていく。その姿が龍に似ているから龍脈と名づけられています。気の流れと龍脈って不思議なもので、土地に応じて違うんです。砂漠の国の龍脈は、砂丘の奥。砂漠の底に隠されている。山脈の多い山岳地帯だと、山の形に沿って大地の奥ですね。華封の場合は、川と水。地底に流れる水脈と、地表を伝う川が、龍脈となっている」

「華封は水の国と言われているものね」

翠蘭が相づちを打つと、玉風が目をきらきらとさせて応じた。

「そうです。それで、通常どんな国でも、地相学と道術で監修して、首都や城は、龍脈の気が強く噴きだす場所に造られる。気が溢れる場所のことを龍穴というんです」

彼女の話しぶりにふと懐かしいものを感じる。

南都で翠蘭が世話になった刑部尚書官の胡陸生が、よくこういう話し方をしていた。学問と知識と書物が好きすぎて、話しだしたら、止まらなくなる。

武術では、目に見えない「気」を、使いこなさなくてはならない。だから翠蘭はかろうじて、玉風の話が理解できている。

けれど翠蘭以外はどうだろうか。

翠蘭は円卓を囲むみんなの顔を見渡した。淑妃だけは、玉風の説明が飲み込めたのか、感心した顔である。しかし他のみんなは「はて?」という感じに首を傾げていた。

「ああ……龍穴に建てた家は栄えるっていう説を、なにかで読んだことがある」

淑妃が確認するようにそう言い、玉風が「はい」と声を弾ませた。

「だから華封の後宮は水が多いんです。龍穴を利用して、川と池と滝を後宮内に取り入れて――でも、どういうわけか、華封の後宮の川も池も滝も、良い形で流れている龍脈を、切断したり、せき止めたりする位置にある。そのうえ、鬼門と裏鬼門の悪い場所には、邪気をためている」

玉風の話に、翠蘭は引っかかりを覚え、尋ねる。

「話の腰を折って悪いんだけど、ちょっと専門的すぎて、わからないわ。つまり……どういうこと？」

翠蘭がみんなを代表して尋ねると、玉風が「専門的すぎましたか？　ごめんなさい」と謝罪した。

「端的に言うと、この後宮は地相学的にはとてもよくないんです。――造った人が誰であれ、道術と地相学の観点からは、よくないものを増幅させようと目論んで後宮を造ったようにしか見えないんですよ。龍の力と幽鬼が増幅して後宮そのものが呪詛になる。こんな設計で造るなんて考えられない話です」

とんでもないことを真顔で言った。

聞いている全員があっけに取られた。

「……興味深い話ね。その説明だけを聞くと、玉風は、この後宮そのものが地相学者と道士たちの手による呪詛だと言っているように思えるのだけれど？」

淑妃がすぱっと切り込んだ。

「いいえ。そうではありません。なんていうか……」

玉風は考え込むような顔になって、言葉を区切った。眉を顰め、自分の内側にある答えを探すようにうつむく玉風に、翠蘭は慌てて笑いかける。

「そうじゃないんだ。よかった。後宮が呪詛の装置になりうる設計してるなんて、あり得ないよね。もう。玉風さん、怖いことを言うから、みんな、びっくりしちゃったじゃない」

すると——。

玉風は翠蘭をまっすぐに見つめ、

「後宮が呪詛の装置というより——地相学的に城の場所もおかしいのです。後宮を抱え込んだ丹陽城全体が呪詛の装置になっているように見えます。城の設計が、不自然です」

「え……」

みんながぽかんとして聞いている。

「幽鬼をわざと地上に留めようとする意図が見える設計なんです。道教の教えでは、人は皆、死して後は地の底にいき、生前の罪を問われて鬼になるとされています。この世に留まることなく、全員が、地の底で、鬼になるんです。でも丹陽城では——そして私たちが暮らすこの後宮では——鬼になった者たち全員が地の底に落ちることはできないんじゃあないかしら」

「それってどういうこと……？」

翠蘭は怖々聞いた。

「この世に想いを残した者たちを幽鬼として地上につなぐ装置が完成されているんです。後宮でよく幽鬼が目撃されるのは、当然なんですよ。設計上、幽鬼たちは、ここにつながれるように仕組まれているんですもの」

「なにそれ」

くだけた口調の驚きの言葉が口をついて出た。

それ以外の言葉が、思いつかない。

——なにそれ。もう本当に、なんなの、それは。

「でも、後宮の設計には、ちょっとずつ幽鬼たちの逃げ道というのか、ほころびも、誰かが意図的に作った仕掛けもあるんです。だから、完全に幽鬼を囲い込んでるわけじゃない。そのおかげで、まだこの国は滅びていないんです。それがなければ、溜まった邪気が溢れだして、この国は滅びの道を辿ったのかもしれない」

「国を滅ぼすための装置として城と後宮が設計されているって、あなたはいまそう説明しているのよね」

念のための確認に、玉風が「はい」と応じた。

「現状、地相学的には、そう見えます。本当にそれで合っているのかを、いま、私は調べているところです。ほころびについても、最初からそういう設計なのか、それとも後年、呪術的仕掛けに気づいた誰かが鬼門と裏鬼門の囲いを破るように、繋ぎ目を切断していったのか——そこもわかってないんですよね。史書が残っていないのが、痛いです」

「……なにそれ」

またもや同じ驚きの言葉が唇から零れる。

理解が及ばない。翠蘭だけではなく、その場の全員が——淑妃ですら——驚いた顔になっている。

「……後宮のこの仕組み、翠蘭さまはとっくにご存じだと思っていました」

玉風が言う。

「なんでまた？」

「ご存じだから、輿を担いでいた宦官たちの邪気祓いをしてくださったのではないのですか？」

玉風は窺う顔で聞いてきた。

「まさか」

翠蘭の即答に、今度は、玉風がきょとんとした顔になった。

「ご存じなかったのですね。なのにちゃんと浄化をしようと試みたのですか。さすがです。呪いが効果をあらわす街造りは、同時に、護符や祓い、祈禱の力も増幅させる街造りでもあるんです。ひとつひとつの穢れに対処し、丁寧に祓いをほどこすことが大事です。陛下が翠蘭さまに神剣を賜ったのにはきちんとした理由がありますね。翠蘭さまは、機転が利くし、無意識に自分にとって良いことをやってのけてしまう強運の持ち主です」

誉められてもまったく嬉しくない。

「待って。つまり、あのお酒と青竹、ちゃんと効くの？」

「効くと思いますよ。それに、淑妃さまや私たちが水月宮で談笑しているのをみんなに見せつけたのもさすがです。私たちは親しくしているし、翠蘭さまに後ろめたいことがないとみんなに伝わることでしょう。全方向にぬかりなしで、尊敬いたします」

思いもよらない部分で尊敬されてしまった。

「もしかして……陛下にも、いまのお話を報告されているの？」

義宗帝は、穢れを祓って謹慎すると言い、素直に輿に乗って帰っていった。

——玉風さんが地相学や道術を研究して後宮内の呪術の効果を陛下に説明して、納得したから、従った？

「……報告は随時しております」

玉風は深くうなずいてから、手元を見る。

「あ……麺がのびちゃう」

——あからさまに話を逸らした？

玉風は、いささか唐突にも思える態度で箸を使って麺をすすりはじめた。

「玉風さん、いま、あなた、すごい見解を述べていたんだけど？　説明を途中にして、びゃんびゃん麺食べちゃうの？」

ついついそう言ってしまった翠蘭に、

「見解は、以上。……と、いうことです。ここから先はまだまだ調べていかないと、わからないことなので。それに、道士の立場としての見解は見解として――いまのところ自分に呪いはふりかかってなさそうですし、ここにいる皆さんの呪いも翠蘭さまの青竹で浄化できたと思っているので、とりあえず美味しい麺をいただくことにします」

玉風は麺をすすりながら返事をする。

義宗帝に報告したことについては、これ以上、探られたくないようである。

――玉風さんにとって、私も淑妃さまも、陛下を巡る恋敵ってことになるから、話を切り上げたというのかしら？　それともこの話について深く掘り下げる段階ではないということ？　どちらなのかしら。

どちらにしろ――翠蘭は、強い力を持つ拳で、胸をずんっと突かれたような痛みを感じた。

表面だけではなく、奥までぐっと食い込んで内臓にも効くような類の痛みだった。なんでこんなに痛いのかと、己の内側を覗き込む。

いままで感じたことのない疎外感と寂しさが、胸の奥に渦巻いていた。

——陛下が実は、優しいってこと、知ってるのは私だけじゃなかったんだ。

義宗帝の役に立とうと尽力する妃嬪が自分以外にもいると目の当たりにすると、寂しいのだ。

義宗帝は妃嬪たちを、相手にあわせた形で大切にしている。

妃嬪たちすべてを各々の個性にあわせて大切に愛でる義宗帝は、皇帝として正しい。

でも、と翠蘭は思う。

そのまま「でも」の先の感情に蓋をする。

——これって嫉妬？

だとしたら、自分はけっこう心が狭い。

淑妃が、玉風が言外に匂わせた「これ以上は聞かないで」という願いに反応したのか、

「そうね。ここにいるみんなは祓ってもらえたというのなら、それでいいわ。ありがとう昭儀。麺はもうのびてしまっているんじゃない？　せっかく明明が作ってくれたのよ。いただきましょう」

と麺の器を手元に引き寄せた。

淑妃は箸で幅の広い麺を持ち上げしげしげと見つめ、口をつける。

最初はおっかなびっくりで、でも口に入れたと同時に「あ」と小さく声を漏らし、笑顔を浮かべた。

「これが、びゃんびゃん麺なのね。汁がないけどタレで食べるものなの？」

続いて、はむはむと小動物めいたやり方で麺を食べ、目を輝かせて円卓を囲むみんなを見まわした。

「幅の広い麺の食感がとてもおもしろいわ。ちょっと辛いのも、刺激があっていい。山椒がとても利いている。美味しい」

ひとくち呑み込むごとに、いちいち目を丸くして、どんなふうに美味しいかを伝える。神仙の化身のような美女なのに、美味しいものを食べるときは、愛らしい小動物のような動きをする。

淑妃の思いがけない愛らしさが、円卓のみんなの気持ちをほわっと緩ませた。

「あたしも食べる。えいっ」

銀泉が、なにが「えい」なのか不明な謎のかけ声と共にびゃんびゃん麺に箸をつけた。

翠蘭は、まだびゃんびゃん麺を食べていない雪英の前に麺の器を置いて「雪英も食べようね」と声をかける。

もちろん翠蘭も箸をつける。

明明の作るものはどれも美味なうえ、びゃんびゃん麺はめったに打ってくれない特別な麺なのである。小麦粉をこねる際に「かん湖」という湖の水を使って作らなくてはならないらしいのだ。もしくは干した海草を海水にかけて時間をかけて煮詰めたものを使用すると聞いている。びゃんびゃん麺をはじめ、いくつかの麺を打つには、粉をこねる前の材料を揃える段階から面倒なものらしい。

「次は、わずらわしい話を持ち込まないで、のびないうちに、びゃんびゃん麺を食べたいわ。明明、次もまたこれを作って。お願い」

唐突に淑妃が明明に懇願した。

明明は目を白黒とさせていたが、

「……はい」

と、うなずいた。

仕方ない。淑妃は実に美味しそうに麺をすすっているのだ。頬張る彼女の口元に黒酢のタレがついているのも、愛らしい。

「淑妃さま、これでお顔をお拭きください」

彼女の顔の汚れを指摘できるのはきっとこの場では翠蘭だけだ。勇気を振り絞りそう言って、手巾を差しだす。

「……ん。拭いてくださって、いいのよ」

淑妃が翠蘭に向かって顔を突き出してきた。手をのばし、痛くないように加減してその頬と口元を拭く。

淑妃は子どもじみた無邪気さで「ありがとう」と笑った。

――これでは、明明も、淑妃さまの魅力に落ちてしまうわね。

結局、翠蘭も、淑妃の放置できない愛らしさにやられ、せっせと彼女の前に料理の皿を並べることになった。

あれもこれも全部食べてと、力強くすすめると、淑妃は言われるがままに次々と明明の料理を食べて、いちいち目を丸くして感想を述べる。

「明明って天才じゃない？」

感嘆の声に「そうです。明明は天才なんです」と同意する。

しばらく、食卓のみんなが語るのは、目の前の食べ物の話だけになった。これも美味しい。あれも美味しい。そのお皿を取ってちょうだい。そんなやり取りをして、食べて、笑い。

「なんか……ホッとする。みんなでご飯食べると、戻ってきたなって実感できる。明明顔になって――。

――ただいま」

ふと、翠蘭の唇から言葉が零れ落ちた。

淑妃が不思議そうな顔で翠蘭を見た。どうしてその言葉を「いま」言うのかと思われたのだろう。

けれど、雪英は安堵したような笑顔になり、明明もやっと目元を和らげて翠蘭を見返して、

「娘娘、おかえりなさいませ」

と告げた。

「うん。ごめんね。また心配させて」

「本当ですよ。で、他に私たちに言うことはないんですか？　面倒なことをまた請け負ってきたんでしょう？」

明明が疑り深い顔になって、聞いてきた。

ずっと聞きたいけれど、聞けないままだったようである。

「――それがね、死体を見つけたけど、今回は陛下が私を守ってくれようとして、いろいろと手はずを整えてくれたのよ。陛下が細かいことまで配慮して、しばらく謹慎して水月宮にいるようにって私に命じて、ちゃんと輿に乗って帰っていったの」

そう――輿に乗って自分が過ごす乾清宮にひとりで帰ったのだ。

たぶん玉風の報告を聞いたせいなのだろうと、いまなら、わかる。

――後宮も丹陽城も道術と地相学で、呪われていると、玉風が言ったから。

「あの陛下があなたにごく普通に謹慎を申しつけることはないのではなくて？　たとえこの後宮が呪われていたとしても――何代にもわたって呪われてきたのだとしたら、いまさら、謹慎したところでなんの意味があるのかと私は思ってしまうけど？　陛下に、謹慎を装って、宮を抜け出して、事件を解決しておいでと命じられたんじゃない？　本当はなにを命じられたの？」

淑妃がさらっと質問をくり出す。

全員が「その通りですよ」という顔になって身を乗りだして翠蘭を凝視した。

「それが本当になんにも命じられなかったんです」

「え⁉」

五人の驚愕の声が重なった。こんなに揃って驚かれるようなことなのかと、翠蘭は困り顔で笑った。

やっぱりみんな、翠蘭が義宗帝に無理難題を押しつけられると決めつけていたのだ。

翠蘭自身もそうだった。

「それは……よかったわね」

最初にそう言ったのは淑妃だった。淑妃は、翠蘭が男装して秘密裏に後宮から抜け出して南都を駆けまわっていたことを知っている。そのせいなのか、ものすごくしみじみとした本心からの「よかったわね」に聞こえた。

「……はい」

同意した翠蘭は、なにも命じられずに帰されたのはありがたいことなのに、どうしてか少しだけ落胆しているのを自覚していた。

寂しいような、やるせないような、当てが外れたような不安な気持ちが、翠蘭の心の奥底に小さな穴を開けていて、そこをすかすかと風が吹き抜けていく。

明明が疑り深い顔で「娘娘、本当ですか」と確認してきた。

「本当よ。だから安心して、明明。身体作りのために早朝に後宮を走りまわったりするとしても、なにかを調べにいったり、呪詛を祓いにいったりすることは今回しなくていいみたい。私、静かに身体を鍛えて過ごす」

きりっとして断言すると、明明は「謹慎ならば、水月宮のなかで身体を鍛えてくださいよ」と、険しい顔で命じたのであった。

3

庭先で蒼い火が爆ぜた。

一瞬だけ、私の脛くらいまで高くなった炎に向けて、用意していた瓶の水を次々にぶちまける。

火が燃え移らないよう、あたりの草はすべて刈り取っている。あっというまに火は消えて、煙の臭いと、地面に焼け焦げた火薬の跡だけが残っていた。

後宮の東北――墓所と霊廟が並ぶ、ひっそりとした、ひとけのない場所にしつらえられた小さな宮である。

「いまの配合だとこの程度。これくらいなら、火力は、火打ち石を使って紙や薪を燃やすのと同じくらいね。でもおかしいわ。計算からするともっと燃えるはずなのに……」

つぶやきながら、火の粉が飛んでいないかを見てまわり、念のため、周囲にたっぷり水を撒いておく。

――私がいま熱心に研究しているのは、火薬の配合についてである。

そもそも燃やすと紫の炎を出す硝石は、錬丹術の妙薬の材料のひとつだ。権力と富を得た有力者が次に求めるのは永遠の命と若さ。道術を極める学のある道士たちは、数多の権力者たちの依頼に応じ、硝石を加工してさまざまな薬を作りだしてきた。

――そのどれも永遠の命を与える妙薬にはならなかった。

そのかわり、道士たちは、硝石の加工の過程でこの石が凄まじい高熱を発して燃焼するという知識を得たのであった。

――学問とは、素晴らしいものよ。先人たちのすべての記録が残っている。私はそれを追いかけて、さらに突き詰めていけばいい。

記録をもとにして、木炭や硫黄を混ぜ、配合し、量を見定める。石を削り、木炭や硫黄を配合したものに火を灯す。

「この火薬は、すぐに着火して燃え上がるのが利点だわ。配合はこれでいいとして、あとは使う火薬の量の計算ね。少しずつ増やしていって、見極めないと……」

なにかひとつでも間違うと、予期せぬ爆発となり、事故を起こす。

それは、避けたい。

「配合と実験は楽しい。でも、瓶に水を汲んでおくのが大変なのよね」

水に濡れた黒い土を見下ろし、私は、深いため息をついた。

懐から粗末な麻の布を取りだし、濡れた手を拭う。白い花が刺繍された布は黄ばんでいて、端もぼろぼろでみすぼらしい。でも、故郷の家族が織って作った布に「この白い花は、あなたよ」と優しい声で言い聞かせながら刺繡してくれたものだから、捨てられない。

とても高い山の上に咲くという花で幻の花らしいけれど、なんという花なのか名前も知らないと、家族は笑っていた。

それはそれでいいと私は思った。刺繡をして渡されたことが嬉しかったのだ。

私は麻の布を丁寧に畳み、懐に戻した。


そもそも私の暮らす宮は別にある。

日々を過ごす宮とは別に、義宗帝が私が物事を調べ、学び、突き詰めるために使えと、この宮を下げ渡してくれたのだった。

人が出入りする宮で調合し実験するのは危ないうえに、見咎められる。

だから私は時間を作って、この宮に秘密裏に通い、ひとりで実験をくり返している。

——といっても、私がここに出入りしていることなんてすぐにばれてしまうのが後宮なのよ。

現に、ついこのあいだ、庭に矢文が飛んできた。

『あなたの秘密を知っている。龍の霊廟であなたを待つ』

指定された日は、明日だ。

いまのところ、秘密といわれて思いつくのは調合中の火薬のことだけだ。ばらされたところで困りもしないが、誰が、私を脅そうとしているのかについては興味深い。

どちらにしろ、秘密を暴かれる前に、火薬の配合を突き詰めてしまおうと、私は思っている。

どうせならこの矢文を飛ばした相手の前で火薬を爆ぜさせ、驚かせてみせよう。

「破壊力を増やすだけなら、火薬の量を多くすればいいのよ。でも、私が欲しいのは、非力な女にも扱えて、遠くの敵を威嚇できるようなもの。竹に詰めて、火を点けて、放り投げる？　投げ方次第？　火薬量？　どうしたらいいかしらね」

腕組みをして考え込む。

「持ち運びができる大きさで、軽いものがいい。私でも、扱える手軽さで」

――陛下は、私に、そんなものを作れと命じたわけではなかったのでしょうけれど。

それでも私が作ろうとしているものを陛下はおもしろがってくれるだろう。

「あの方なら、私がいまなにを作っているのかをすでに知っていると思うのよ。私がそれを陛下に向かって放り投げない限りは許される」

そういう部分で、義宗帝のことを信頼していた。

彼は、私のこの研究を、止めない。

私が陛下以外の相手に危害をくわえようと放ったとしても「私自身を守るため」ならば、止めない。

＊

翠蘭は義宗帝の命令に従い、水月宮にこもり続けた。

そのあいだ、翠蘭は自宮のなかを走って過ごした。庭と廊下を行き来して、木の枝にぶら下がり懸垂をした。壁や柱にしがみついて屋根まで登り、そこから飛び降りる。足の裏がじんっと震え、痛むのを、やり過ごす。さらにまた走り込みをする。

明明も最初のうちは「外に出ないのはいいことですよ。黙って閉じこもっていたらおかしな事件に巻き込まれることがないですからね」と笑顔だった。

が、汗をかくまで走り込みをするせいで室内に土埃が舞いはじめ、夢中になって木刀を振りまわし廊下に飾ってあった壺が割れたあたりで、明明の様子がおかしくなった。

明明がひどく苛々しているのが、伝わってきた。

しかし翠蘭は翠蘭で、明明の苛立ちがわかっても、鍛錬を中止することはできないのであった。休むと、勘が鈍るのだ。走り込みをやめると、あっというまに、体力が落ちる。

十日過ぎたところで、とうとう明明が朝食の後で「お話があります」と真顔で切り出した。

「こんなこと言いたくないんですけど……娘娘。鍛錬はどうしてもしなくちゃならないものなんでしょうか」

翠蘭も真顔で応じる。ここは、引けない部分なのである。

「しなくちゃならないの。だって、一日休むと、三日分、能力が後退するのよ」

「計算が合いません」

「言いたいことはわかる。計算は合ってない。でも、一日、鍛錬を休むと、いままで鍛えてきた筋力や運動能力が三日分、失われるのよ。それが私の体感。だから鍛錬は休みません。明明に伝わりやすいように説明すると、一日、料理をしないでいたら、三日分、料理の勘が鈍ってしまうみたいな感じなのよ」

「……そうですか」

翠蘭の言わんとすることは伝わったようである。

明明と翠蘭はそれきり黙って見つめあった。

ずっと沈黙していた雪英が、ふたりの顔を交互に見比べてから、小声で「掃除をして参ります」と告げて立ち上がる。いたたまれなくなって逃げることにしたのだろう。

「「はい。いってらっしゃい」」

翠蘭と明明の声が重なった。

同時に同じことを雪英に告げたのがおかしくなって、一拍置いてから、三人ともぷっと噴きだした。

笑顔で見つめあってから、雪英があらためて畏まり「いってまいります」と言い直し、部屋を出た。廊下を早足で駆けていくぱたぱたという足音が遠ざかる。

「ごめんなさい」

明明が唐突に謝罪する。

「なんであやまるの？」

「苛々して、つっかかっちゃったかしらと思って。娘娘にずっと水月宮にいられると〝もういいから、あんた、外で遊んでらっしゃい〟って叫んで表に放りだしたくなってしまう。でも、出ていったら出ていったで、帰ってこない娘娘のことを心配して、はらはらするんですよね」

明明は、卓に顔を突っ伏して、そう言った。

「言いたいことはわかる。しかも言われて悪い気がしない」

「悪い気になってくださいよ。失礼なこと言わないでって叱りつけてもらわないと、困ります」

顔を上げた明明がぷうっと頬を膨らませたので、翠蘭はまたもや笑ってしまった。

「明明に文句を言われると愛されてるって感じるの。叱られると、ちょっと、くすぐったくて嬉しくなる」

腕組みをして言い返すと、

「…………っ」

絶句した明明の頰がぽっと赤く染まった。

「照れてる明明ってかわいいんだよね」

「そういうところっ‼　よくないですよっ」

と――。

雪英が慌てた顔で、戻ってきた。

「皇后さまの使者のかたがいらっしゃいました。ありがたくも皇后さまのお茶会に娘娘を招待してくださるとのことです。これを娘娘に渡して欲しいと置いていかれました」

翠蘭の前に駆け寄って、差しだしたのは日時だけが書かれた木札であった。

「明日、巳の刻ね」

それしか書いていない。美辞麗句抜きで日時しか記載されていない木札から、皇后の愛想のない声が聞こえてくる気がした。

「一応、潔斎して謹慎中のはずなんだけど……いかなかったら怒られるよね、これ」

明明におもねる言い方でつぶやくと、

「いってきてください。皇后さまに呼ばれたら、断るなんて無理ですから。ついでに後宮を走りまわってきてください」

　明明が返し、

「わかった‼」

　と翠蘭は元気よくうなずいた。


　翌日である。

　翠蘭は皇后の暮らす水晶宮(すいしょうきゅう)に出向いた。

　華封の後宮は、西より東のほうが妃嬪の地位が高い。そして、皇帝が過ごす乾清宮に近い位置の宮で暮らす者のほうが帝の寵愛が深いということになっている。

　水晶宮は後宮の東——乾清宮のすぐ側にある。

　空は薄墨を流したように薄暗く、灰色の雲を乱雑にちぎって投げつけてきたような霰(あられ)がびょうびょうと降っている。

　こんな天気の日に水晶宮にいくのかと陰鬱(いんうつ)な気持ちになるが、よく考えてみれば、どんな天気の日であっても皇后と会うのは気鬱なのであった。

　翠蘭は、青塗りの油紙を貼った傘を差し、頭巾つきの上着を羽織って、いつものように徒歩で出向いた。水月宮にも輿くらいはある。が、それを担う宦官を雇っていないのだ。禄(ろく)が少ないわけではない。翠蘭は自分で歩いたり走ったりして移動することを良しとしている。それだけの理由だ。

水晶宮の門戸をくぐると、翠蘭を出迎えてくれたのは幾つもの赤い傘を手にした美女揃いの宮女たちであった。

「ようこそいらっしゃいました。昭儀さま」

「皇后さまはお庭の池の、東屋（あずまや）でお待ちです」

次々に声をかけられ、翠蘭は声をかけてくれる美女たちを見返した。けれど宮女たちは、話した途端に、傘を斜めにして己の顔を隠してしまう。

宮女の持つ傘の柄にはすべて鈴がついているようで、彼女たちが傘を回す度に、ちりんちりんとかすかな鈴の音が聞こえてくる。

綺麗で贅沢な悪夢みたいな光景であった。

風が冷たい。

傘や地面に当たる霰の音が響いている。

赤い傘がくるくるといくつも回り、鈴の音が響く。

霰が傘と地面を叩いて落ち、翠蘭の足もとでじゃりじゃりと踏み砕かれる。

「――庭の東屋ですか？」

赤い傘を持つ宮女に先導され、後ろをついていく。

「はい。以前にお茶会にお呼びしたときと同じ場所でお待ちになっています」

翠蘭が後宮に来てすぐに、皇后に茶会に招待されたのだ。そのときはあたたかくて、庭の池に建てられた東屋の茶会も楽しかったけれど、二月半ばのこの天気で、剝きだしで風が吹きつける場所で茶会は、つらい。

とはいえ「寒いから場所をかえてくれ」なんてもちろん言えない。

庭の中央の池に向かい、石造りの橋がのびている。行き来できるのはこの橋の道のみ。行き着く先は池の中央にある小さな島に建つ東屋だ。

翠蘭は石橋を渡る途中で、玉風が話していたことを思い返す。

池の水が風に巻き上げられて、波立っている。曇天を映した鉛色の池の表層を削る白い波をぼんやりと見つめる。

──たしかにこの後宮は水が多い。

龍の霊廟も池のなかに建てられている。御花園にも池がある。場所によっては川や池だけではなく、滝もある。位の高い妃嬪たちの宮はどこも庭に池をしつらえている。

──龍穴を利用して、川と池と滝を後宮内に取り入れて──でも、どういうわけか、華封の後宮の川も池も滝も、龍脈を切断したり、せき止めたりする位置にある……って言っていたわよね。

かつての翠蘭なら笑いだしただろう。爽快に感じたかもしれない。後宮が呪具になるように設計するなんて、大がかりな与太話で、夢がある、と。

けれど、いまは、笑えなかった。

翠蘭は後宮に来て以降、さまざまな不思議や不幸と遭遇した。幽鬼を見たし、南都で水龍も見た。反乱軍である皓皓党に所属する宦官や宮女たちが義宗帝を暗殺しようと画策していたのも知っている。

「歴代皇帝は龍の末裔で、ここは水の後宮で……」

暗く淀んだ場所だ。

呪われているというのなら、そうなのだろう。

翠蘭が零した独白を風がさらっていく。

思いにふけりながら歩く翠蘭の前後で、宮女たちの赤い傘がくるくるとまわっていた。

辿りついた東屋——皇后は先に座り、翠蘭を待っていた。

真っ赤な髪は、金糸で鳳凰の刺繍をほどこした紅色の紐で複雑に編まれ、頭頂部でひとつにまとめられている。どういう細工なのか強い風に吹かれているのに、まったく乱れない。

髪をまとめた紐と同じ真紅の衣装に身を包み、肩から白狼の毛皮の斗篷を羽織っている。斗篷の前をしっかりとあわせ、膝の上に抱えているのは焼いた石を布でくるんだ行火だろう。

壁のない東屋に用意された椅子は、芙蓉皇后が座る一脚のみ。

翠蘭の席は、ない。

案内をしてくれた宮女たちは傘を手に去っていく。翠蘭は自分の傘を閉じ、かぶっていた頭巾をするりと外し、東屋の屋根の下にしずしずと足を進めた。

傘を下に置き、右膝をついて拱手する。

「芙蓉皇后さまのお呼びに馳せ参じました。ご招待いただきありがとうございます」

爛々（らんらん）とひかる緑の双眸が翠蘭をひたと見つめている。

東屋にいるのは、皇后と翠蘭のふたりだけだ。壁のない東屋は隠れる場所もなく、盗み聞きをすることは不可能。秘密を話すのに最適な場所であるため、こんな天気でも皇后はここを茶会の場に設定したのだろう。

「膝を上げなさい。居心地をよくして長居されても困るから、その場で立って私の話を聞くといい。茶は、水晶宮を出るときに宮女たちに用意させる。ここで飲むよりは味わえる」

「ご配慮ありがとうございます」

翠蘭は立ち上がり、ちっともありがたくないが、表向きは揖礼して感謝した。

「龍の霊廟で鄭安という宦官の死体を見つけたそうね」

皇后の話はいきなりはじまる。

「はい」

「龍の霊廟は、代々皇帝の一族とその縁者しか立ち入ることができない禁忌（きんき）の場所。掃除や手入れのために入る宦官はいるが、鄭安は違う。なのにどうして鄭安があの場に出入りしていたのか。そして殺されたのなら、誰に殺されたのか。あなたが調べなさい」

翠蘭はすぐに返事ができず、皇后の羽織る毛皮の毛並みを凝視した。銀色のふかふかの毛が水気を弾き、水滴を載せ、鈍くひかっていた。

「皇后じきじきに命じている。拒否はさせぬ。やらぬと言うなら、死体を発見したそなたこそが犯人だと秋官の耳にささやいて、証拠を渡し、そなたを捕らえて暴室に送る」

そうくるか、と思った。

淑妃が懸念していた事案である。先に鼻薬を嗅がせて言い含めるか、後になって手をまわして言い含めるかの、時間の差だけで、結局、翠蘭を犯人に仕立てあげて暴室に送り込もうとしている。捕まえて拷問をして自白待ち。供述書が取れてしまえば、どうとでもなる。

「……私は殺しておりません」

「だが死体がある。鄭安は殺害されたと見なされている。ならば犯人が必要よ。悲しいかな、今回は、私が自分で調べることはできないの。——昭儀、近くに」

皇后はにっと笑って、翠蘭に手招きをした。仕方なく皇后の側に近づく。

「私は陛下の……を……った」

東屋の屋根を霰が叩く。頭上から、ばらばらばらばらと激しい音がする。皇后のひそめた声は風にさらわれ、物音に邪魔され、翠蘭の耳に届かない。

途切れ途切れにしか聞こえず戸惑ってしまった翠蘭に、皇后がもう一度「もっと近くに」と翠蘭の腕を摑んで、引いた。

「はっ」

皇后は翠蘭の耳に唇を寄せ、

「私は陛下の子を授かった。ここに……陛下の子がいらっしゃる」

と、ささやいて、翠蘭の手を皇后の腹に一瞬だけ、乗せた。行火の熱のおかげで、皇后の身体はほんのりとあたたかい。

「え」

驚いて声が出た。

頭を鈍器で殴られたような衝撃が走り、くらくらした。ついでに胸にも鈍器で殴られたような重たくて深い痛みを覚えた。

——陛下の子。

ここは後宮。義宗帝の子を成すそのために、妃嬪たちが集う場だ。

皇后の懐妊は慶事である。

皇后は、固まってしまった翠蘭の手を離し、今度は翠蘭の身体を押して遠ざけようとした。

――待って。動揺したけど、私、皇后さまに危害をくわえたりしないから。

翠蘭は、彼女から離れまいと、足に力を入れて、側に立つ。

「おめでとうございます。皇后さま、でしたらこんな場所にいらっしゃるのはよくないですよ。なんでこんな天気に東屋に呼びだしたりしたんですか。先に来て、私を待つなんて、とんでもないことです。あたたかい格好しているとしても、御身にさわります」

翠蘭は早口で述べて、皇后を椅子から立たせようと手を差しのばし――一瞬でその手を振り払われた。

「祝福をありがとう。けれど、まだ公にしていないのよ。夏往国に伝えてしまうと私は夏往に呼び戻される。だから侍医に袖の下を渡し、口止めをしている。過剰に私の身体を気遣わないで」

「…………」

「とはいえずっと秘密にしておくわけにはいかない。華封の龍の一族は、全員、夏往国で厳重な監視下で育てられ、選り分けられることになっている。夏往国の意に染まぬ龍は、華封の玉座に座ることはかなわない。夏往国の貴族が御せる龍だけを華封に戻す。ここで産み、育てたいが、無理だろう。私とて夏往国に逆らう勇気はない」

「……まさか陛下もご存じないのですか」

声をひそめて問う。

「ええ。教えていない」

返事はそっけない。

「どうして」

「陛下はあれで存外お優しい方だから――私が子を成したとなると、私を気遣い、私が無茶をしないようにと、夏往に報告してしまうでしょう。でも、私は、鄭安殺しの犯人と、殺した理由がわからないうちは後宮から離れたくない。私が目を離した隙に、陛下になにかがあったら悔やんでも悔やみきれない」

皇后は夏往国から送られた監視役だ。

が、皇后は純粋に義宗帝を慕っているのだ。彼女は常に義宗帝の身体に危害が及ばぬように気を配っている。

「犯人に止(とど)めを刺せとまで言わない。あなたは、犯人が誰であるかを調べるだけよ。その相手が、陛下に害を為そうという皓皓党の輩(やから)と無縁で、殺害の理由も、陛下に関わることでなければ、それでいい。簡単なことでしょう？」

ちっとも簡単ではない。

皇后に命じられたことを断るのはもってのほか。けれど、面倒ごとを引き受けても、いいことなんてなにひとつない。

逡巡する翠蘭を、皇后が真摯な顔で見上げる。

「私が陛下に寵愛の証をいただいたことが公になる前に、すべてを終わらせてもらいたいの」

祈るような声で続ける。

「あなたにしか、頼めない」

皇后の薄く開いた唇の皮がほんのわずかだけ剝けていた。それに気づいて、翠蘭は、小さく息を吐きだした。

——今日の皇后さまは、化粧が、濃い。

翠蘭が知る皇后は、いつも完璧だった。唇にしろ、肌にしろ、手間暇かけて美しく整えていた。それなのに今日の彼女は、すべてがわずかずつ荒れていた。

よく見てみれば、彼女の目の下にはくまが浮いていた。頰が少しこけ、やつれている。寒いせいなのか、それとも具合が悪いのか、顔色もよくない。

化粧が濃いのは、不調をごまかすためなのかもしれない。不健康に青ざめているのを隠すために、白粉(おしろい)を大目に顔にはたき、頰と目元にも紅の色を薄く刷(は)いているのだろう。

常に強く、燃えさかる炎として後宮に君臨する皇后が、垣間見せたわずかのほころびが、翠蘭を動揺させる。

厚く塗られた化粧の奥の素顔を想像すると、胸がおかしな感じに痛んだ。

弱っていても、弱った顔を見せることができない彼女の気丈さが、悲しい。

——なんで、私、こういうのに気づいちゃうんだろうな。基本は鈍感で、なんにも見てやしないのに。相手が弱っているって、そういうところだけは、勘づいちゃうんだ。

自分は野生の獣だと、思う。

敵が強いかを肌で悟る。相手が弱っているときや、突かれるとまずい弱点も本能的に察知する。

「お加減が悪いのですね」

小声で言うと、皇后が嫌そうな顔でうなずいた。

「ええ。悪阻がひどくて。侍医に夏往国への報告を遅らせているのは、私の体調があまりよくないことも関係している。いまは私の身体が長旅に耐えられそうにない。落ち着いてから報告し、母子ともに安全な状況になってから移動することになるのでしょう」

「そうですか」

「私はあなたのことは嫌い。嫌うには理由がある。あなたがそこそこ有能で、できる女だから嫌いなの。いろんなことに勘づいたうえで、隠すことなくまっすぐに私に〝お加減が悪いのですね〟と言える素直さに苛立つの。さぞや大切にされて生きてきたんでしょう。あなたは鈍感であることを周囲に許される善人よ」

「………」

「聡くて、善人で、強い。あなたが私の恋敵になり得る女だと認めてしまったから、憎いの。誰のことも特別扱いしない陛下が、あなたに神剣を渡したのがなにより許せない。剣ならば、私だって使えるのよ」

皇后が鋭い目で翠蘭を睨み、告げる。

「はっ」

素直にうなだれると、皇后の身体から凄まじい殺気が放たれた。

彼女は夏往国では武人であったと聞いている。

詳しく教えられたことはないが、貧しい生まれゆえ、武でなりあがろうと志し、鍛錬し、最終的に特例として華封国に嫁いで皇后になったようである。数奇な運命の持ち主だ。

「えらそうに、うなだれないで」

叱責が降ってきた。

――えらそうにうなだれるって、なに⁉

ほぼ言いがかりだと思ったが、言い返せない。彼女がそう言うのなら、きっと自分は「えらそうに、うなだれて」いるんだろう。

「……許せない相手だけれど、こんなときに自分のかわりに後宮を自由に動いて真相を探れるのは、あなたしかいない。――あなたしか、いないのよ」

皇后は、ため息を押しだしながら、二度、同じ言葉をくり返した。

「私は、陛下のことをお慕いしているの。あの方に長生きしていただきたいと願っている」

翠蘭は皇后のひそやかな声の奥に流れる絶望的な孤独を嗅ぎとった。

嗅ぎとりたくなんて、なかったのだけれど。

——私は、こういうのに弱いんだ。

思えば義宗帝に神剣を賜ることになった経緯も、似たようなものだった。彼の孤独を知ってしまったから、寄り添いたくなったのだ。ひとりきりで戦わせるのが悲しくて、心の距離を詰めていった。

いまもまた——皇后の孤独を感じ取り、手助けしたくなっている。

東屋の屋根を叩きつける霰の音がぱらぱらとうるさい。吹きつける風は強く、冷たい。

濃い化粧をし、毛皮と温石で防備し、じっと椅子に座る皇后は凛々しく、美しい。

彼女は、嵐のなかでも吹き消されることのない燃えさかる炎だ。

最強の権力者として後宮に睨みをきかせ、数多の宦官や宮女を間諜として後宮に放ち、背後で人をあやつっている。

が——彼女が信頼できる人は、後宮に、いないのだ。

華封の後宮は、弱い者は踏みにじられ、間引きされる怖ろしい場所だ。

もとから権力闘争と陰謀が渦巻く場であったのだろう後宮の暗部を、さらに育てあげたのは、他ならぬ目の前の皇后その人であると翠蘭は思っている。

だからこそ皇后は他者に弱味を見せられない。

たとえ皇后といえど、弱った姿を露わにしたら、寝首をかかれる。彼女に味方はいない。立場の弱い相手に首輪をつけ、金と力で編んだ綱をつないで引きずりまわしてきた自覚が彼女にも、あるはずだ。手にしていた綱を手放せば、何人かに返り討ちにされることだろう。

――そんな人ばっかりじゃないの。後宮って。自分の都合で勝手にひとりぼっちになって、それで首が絞まってから、じたばたあがく。

頭のなかが、かっと熱くなる。これは怒りだ。誰もかれもひとりで策略して画策して暗躍して他人を頼らない。信頼しない。おかげで全員が孤独で崖っぷち。ひとりひとりが薄暗い闇を抱えて右往左往して、内緒事ばかり増やしていくものだから、各々がなにを求めて戦っているのか、翠蘭にはさっぱり見えないのだ。

「あなたたちは、本当に……」

絞りだすような本音が唇から零れた。本当に、の後に続けたい言葉は「馬鹿なんじゃないの」だが、それは喉の奥に留めておく。

続いて零れそうになった言葉は「普段、誰かを頼ろうとしてこなかったから、こういう目に遭うのよ」だが――考えてみたら、いま、皇后は自分を頼ろうとしているのだ。

これが「普段」の範疇(はんちゅう)かというと首を傾げざるを得ないけれど。

翠蘭は、つかの間、目を閉じた。

断ったほうがいい。知っている。義宗帝が自分に事件の解明を命じなかったのは、翠蘭を守るためだ。犯人と目される可能性から翠蘭を遠ざけ——翠蘭の知らない後宮の政治の思惑の外に置こうとしてくれた。

水月宮で、じっと黙ってすべての嵐をやり過ごせと——義宗帝はそう命じたのだ。

——あの、陛下が、私を案じた。

なのに——。

翠蘭は目を開け、皇后の顔を覗き込み、返事をする。

「わかりました。鄭安殺害の犯人を必ず見つけだしてみせます。皇后さまは御身を大切にお過ごしください」

結局、翠蘭はうなずいてしまったのだ。

「頼みます」

皇后が微笑んで告げた。目が笑っていなかった。美しいが、底知れない、狡猾な笑みに見えなくもなかった。

だとしても彼女の唇の皮の一部は剝けている。目の下のくまを化粧でごまかしている。化粧の下の顔色はおそらく蒼白で庭の東屋は凍えそうに寒く、今日の天気は荒れている。

「皇后さまにお声がけいただいたことを励みとし、謹んで拝命いたします。では——屋内に戻りましょう。身体を冷やしてはなりません」

差しのべた手を皇后は一瞥し、

「そうね」

と告げて、振り払った。

ぴしゃりと手の甲を叩かれたが、翠蘭は怯まなかった。

閉じていた傘を持ち上げて開き、皇后の頭上に差しかける。

皇后はつんと顔を上げ、翠蘭を労ることもなく、歩きだす。

それでこそ皇后だ。ここで翠蘭に手を支えられて、よろよろと石橋を渡れば、その様子を見た宮女や宦官たちがなにを噂するかわかったものではない。

宮女たちが石橋の向こうで、翠蘭たちが歩きだしたのを見て、走ってくる。

皇后のための大きな赤い傘を持つ宮女が近づくまで、翠蘭は皇后の頭上に自分の傘を差しかけていたのだった。


そうして——。

翠蘭は水晶宮からずぶ濡れで戻ってきて明明の入れたお茶を飲んでいた。

皇后の懐妊についてのみ隠し「龍の霊廟で鄭安を殺した犯人を捜せと命じられた」と明

明に伝える。

「なんでまたそんなことになってしまうんですか」

明明は目を見開いて呆然として、そう言った。

「仕方ないじゃない。皇后さまの命令には逆らえないわよ。それに皇后さまに貸しを作るのはいいことよ。たぶん」

「たぶん？　せめて断言してくださいよ」

「うん。——大丈夫。無茶はしない」

言われたことから少しだけ話題を逸らし、できそうもないことは断定せずに、自分が善処できる部分を強く押しだして返事をする。こういう返事の仕方は、後宮に来てから、どんどん上手くなってきた。

「そんなこと言って、いつだって娘娘は無茶なことばかりしでかすじゃないですか」

「そうなんだよね。なんでかなあ」

後宮に輿入れしてからの自分の来し方を思い返し、嘆息する。

次から次へとろくでもない事件の解決に尽力し、やらなくてもいい苦労を背負った。

「なんでかなあじゃないですよ。理由ははっきりしています。娘娘は、好きで面倒事を抱え込んできてるんです。あなたは頼られると、断ることができないんだわ」

「明明は鋭いなあ。そうだよね。そうなんだよ。山奥で暮らしてるときは明明と老師と三人きりで、あとは老師に教わりにきた力自慢の武者ばかりだったから、自分の性格を知らなかった。私、弱ってる人を見ると、放っておけないんだね？　皇后さまは、いま、弱ってたのよ」

「弱ってた？　あの方が？」

明明が怪訝そうに聞き返してくる。

翠蘭は卓に片肘をつき、明明に微笑みかけた。

「そうなんだよ。私に頼むってのは、よっぽどってこと。だから、断れなかったの」

明明に話しているうちに、じわじわとまた胸の奥が疼きだす。

――陛下の子、か。

義宗帝は妃嬪と宮女たち全員を等しく愛する義務がある。義宗帝は見事に皇帝としての任務を果たしている。誰に対しても無理強いはせず、各々の妃嬪たちの求める形の愛を与える。

皇后には寵愛と子を授け――翠蘭には神剣を与え――玉風には書物と学びと調査のための宮を与え――。

これは、子どもじみた独占欲だ。自分だけが義宗帝に寄り添っていたと思っていたのに、他の妃嬪も彼の役に立つのだと知って、傷ついてしまうなんて狭量だ。

それでも胸が疼くのだ。

──陛下の子がって聞いたときの衝撃が、いまになっても、ずーんと胸の奥で痛んでくるの、なんなのかしら。

「陛下は、私が鄭安殺しの件で動きまわるって知ったら、怒るかもね。せめて明明はそんな私にがんばってって言ってくれない？」

明明相手だからぼやくことができる本音であった。

「言いませんっ」

翠蘭は目をつり上げた明明に向かって頭を差しだす。

「言わなくても、よしよしって子どもにするみたいに頭を撫でて。そうじゃなきゃ、黙って、抱きしめて。どうしてか、私、ちょっと傷ついているんだよ」

どうしてか、私──と「どうして」の部分を曖昧にしているところが自分だなと思う。

いつのまにか義宗帝を信用するようになった。

いつのまにか義宗帝の神剣になることを決めた。

いつのまにか、で、いいのだ。いつ自分の心が動いて気持ちを定めたのかは、翠蘭にとってはどうでもいいことだ。

問題は「いま」翠蘭が傷ついていることだった。

──いつのまにか、私、陛下のことを好きになっていたの？

恋愛にも男性にも免疫がない。恋をしたことがないから、自分が義宗帝に抱くこの感情の意味がわからない。

迸るようなものではない。焦がれるようなものでもない。

彼の役に立つ行いができると自分自身を誇らしく感じるという、そんな好意だから、分類しかねていた。

ただし嫉妬だけは、わかる。

――明明が他の人に優しくしたり、他の人のことを誉めるとイラッとする。嫉妬の感情はわかってる。陛下の話をする玉風さんや、陛下の子を授かったと言った皇后さまの話に、それと同じ気持ちを感じたのよ。

自分は他の妃嬪に嫉妬した。

「傷ついて……え？　なにがあったんですか」

明明が目を見張り、おろおろと立ち上がる。

「まだ言えない。でもこの気持ちに自分なりに納得できたら、明明にだけは打ち明けるね」

つぶやいたら、明明がぱちぱちと瞬きをしてから、翠蘭の側に近づいてなにも言わず抱擁する。

翠蘭は明明の胸に頭を押しつけ、黙って頭を撫でられていた。

4

龍の霊廟は静謐(せいひつ)な場所だ。

皇帝とその縁者しか足を踏み入れてはならない——呪われた場所だから。

「と、いわれている。でも、どうしてか、私にとっては居心地がいい」

私は龍の霊廟に足を踏み入れると、毎回、身体が軽くなる。頭も明晰になる。

狭くて、不自由で、息苦しい後宮のなかで、いくつかある私のお気に入りの場所のひとつだ。

「ここを指定するのは、いい趣味ね」

訪れるのは義宗帝と、清掃係の尚寝官だけ。義宗帝が龍の霊廟に来るのは深夜が多い。尚寝官の清掃は朝日がのぼってすぐの早朝だ。その時間帯をずらせば、広々として、静かで、無人だ。

ひとめにつかない待ち合わせ場所として、なかなかいいところをついている。

私は、指定された日時に、遠目で私の姿を見ても正体を確認できないようにと、斗篷を羽織り、頭巾をかぶって顔を隠してひとりきりで石橋を渡った。

いままでも何度かこっそりとこうやって足を運び、龍の霊廟で思索にふけってきた。

実のところ、庭での実験の次は龍の霊廟を使おうと心に決めていた。無人になる時間帯も調べ、把握している。掃除係が引き払い、昼に至るまでの時間帯が狙い目だ。

――まさに、いま、この時間帯。

石橋を渡り、門をくぐる。

私より先に龍の霊廟に足を運び、私を待っていたのは宦官であった。

私の姿を認め、揖礼をする相手を見て、私は思わず舌打ちをしそうになった。

――鄭安、といったかしら？

尚寝官をしている、賄賂で裕福になり、密告で出世してきた宦官だ。

「顔を上げよ」

私は苛立ちを隠さず、告げた。

鄭安はゆっくりと視線を上げ、私を見つめ返した。

これといった特徴のない容姿だった。中肉中背で、高位の宦官の、青い帯を身につけている。

ただし鄭安は、白い花を手に持っていた。

清楚で愛らしい、黄色い雄しべを持つ白い花が、私の心をわずかに和ませた。

ごく普通の白い花。

鄭安の持つ花が、故郷の家族が私のためにと刺繡をしてくれた花とそっくりだった。

――龍の霊廟に白い花を持参して礼儀を尽くしている。

悪い噂の絶えない宦官だけれど、歴代皇帝たちに対して供養の気持ちがあるのかとそれだけは感心した。

鄭安の両手のなかで白い花は少しだけ萎れていた。長い時間持ち運んでいたのかもしれない。

私は、黙っていた。

鄭安も、黙っていた。

ふいに、鄭安が眉を顰めた。ふらりと身体を揺らし、思わずというふうに右手の指でこめかみを押さえた。

苦痛に耐えるような鄭安の所作を、私は、黙したまま凝視していた。

「申し訳ございません。龍の霊廟に来ると、具合が悪くなるのです。奴才だけではなく、宦官たちはみんなそう言っております」

鄭安が弁解するように言う。

――呪われているという噂ですものね。

でもそんなのは迷信だ。私はこの場所で具合が悪くなったことがない。

くだらない迷信を信じ、ちょっとした不調も呪いのせいにしてしまうのなら、どうしてこの場所を指定して呼び寄せたのか。愚かな話だ。

そう思うと、ここに来たことが馬鹿馬鹿しくなってきた。

気持ちが顔に出てしまったのかもしれない。

鄭安が私を見て、チクチクと笑った。笑い方にチクチクというのは変だけれど、嫌みな棘が頬の裏側から飛び出てきそうないやらしい笑顔だから、この表現がいちばん的確だ。

私は鄭安の下卑た笑顔を我慢し、次の言葉を待った。

——こんな笑い方をするんですもの。目的はひとつね。

秘密を探り、脅しつけるような文を書き、矢文を放つ。訪れた相手を脅し、金もしくは価値のあるものを、口止め料として受け取る。

こんなにわかりやすく「ただの悪人」が出てくるだなんて、つまらないにも程がある。

私は少し落胆し、龍の霊廟に並ぶ像に手をかけ、もたれる。どっと疲れてしまったが、ここには座る場所がない。

——愚か者の誘いにのるなんて。血迷った。

それでも来てしまったのだ。

話くらいは、聞いてあげてもいい。

とはいえ、こちらから水を向ける必要はない。私は妃嬪だ。相手は宦官。妃嬪の私が鄭安を気遣う必要はない。

沈黙が続いた。

なにも話しださないなら用はない。

私は微笑んで、歴代皇帝の像のひとつにもたれていた身体を離し、ゆっくりと、後ろを向く。

「いますぐ走ってここを出て、橋の向こうに、私の輿を用意しなさい」

去り際に、そう口にしたのは、私の善意からだ。

互いの立場をきちんと理解させるため。そして相手が私のなにを知っているのだとしても、脅しに屈するつもりはないという宣言だ。

私は懐に、自分が調合した火薬を竹筒に詰めたものを持っている。火打ち石は左手の袖の内側。

――脅すならば、私はあなたにこれを放つつもりよ。

他人の秘密を暴きたてて、無傷で帰れるはずがない。相応の覚悟をもって、矢文を投じて欲しい。

――少なくとも、私が相手なら。

「私の噂はあなたさまもご存じでしょう。私のことを虫ケラを見る目でご覧になっていた。私は後宮に巣くう闇です。あらゆる噂と悪事を収集している。密告でのしあがり、秘密をつかんだ相手を脅しつけて金品をむしり取る。その私がつかんだあなたの秘密、ご興味があるのではないですか？」

鄭安の言葉を背中で聞き、私は薄く笑う。

「興味があるから、ここに来た。でも早く話しださないから、私はもう飽きてしまったわ。──さあ、輿を用意して」

私は、振り返らない。

「私の話を聞かずにここを出ると、後悔されますよ」

鄭安が低い声で言った。

「ならば私がここを出る前に話し終えなさい。背を向けて顔を見ずとも、耳は声を拾える」

私は上襦の袖に片手を入れて袖の中のものを確認し、応じる。

「私があなたにお伝えしたいのは、あなたさま自身ですら知らない秘密です」

しかし鄭安が、再度、私を呼び止めた。

──私自身ですら知らない秘密？

振り返るところまではいかないが、私の歩幅が、狭くなる。

歩きながら、胸もとに入れた火薬入りの竹筒を取りだした。帯にはさみ、袖に入れていた火打ち石を手にする。

わざと足音を立てて歩き、火打ち石を使う音を紛れさせようとするが——意味はないだろう。

火花が、手先に、散った。

長く垂らした縄の導火線に火を灯す。着火を確認し、振り返り、鄭安に向き合う。

鄭安は私が手にしているものを見て、口をあんぐりと大きく開けた。

心臓がばくばくと音をさせている。庭で試したものより火薬量が多い。竹筒を使ったのも、はじめてだ。

——もしかしたら大爆発を起こして、私も巻き込まれて死んでしまうかもね。

暗い想像が私の頭を過る。閉ざされた後宮で暮らしているうちに「死んでしまうかもね」という言葉のなかに、幾ばくかの期待が交じるようになった。

なにをどうがんばろうと、私はここからどこにも行けない。

ならばいっそ、私自身を巻き込むほどの爆発と共に生涯を閉じるのは、清々しい。

死は、希望。

毎回そう思うのではない。ときどきだ。「死んでしまうかもね」が、明るい未来の灯火に感じられる日と、なんておぞましく弱気なことを思ってしまったのかと苦笑し、生き抜くための努力に前向きになれる日とが、交互にくる。

これは後宮に来る前からだ。物心ついたときには、もうすでに、私は、生きていくことに倦んでいた。

とはいえ、どちらの気分のときであっても、罪のない人を巻き込みたくはないのだ。龍の霊廟でならば怒りを覚えた相手に火薬を投げつけるのに、うってつけだ。

歴代の皇帝たちと、龍の像が破壊されたとしても——ここは池の真ん中だ。

延焼はしないだろう。

導火線に火のついた竹筒が、鄭安を越えて、弧を描いて壁にあたり、跳ね返って床に落ちた。

——失敗した。

私は、火薬の調合に熱心だったのに、遠投の練習をしてこなかった。的に向けて投げる練習もしなかった。こんなに近い距離なのに、相手ではなく、その向こうの壁に投げつけてしまうなんて。

私は竹筒の行方を目で追い、身構える。

竹筒が発火しささやかなパンッという破裂音をさせて燃えた。

想定していたよりずっと小さな炎であった。

「……火がっ」

鄭安は叫び、燃える竹筒に駆けよった。懐から瓢簞を取りだし、火に水を注いだ。もともと小さかった火は、水をかけられてしゅっと炎の丈を縮め、揺らいで、消えた。

――水を持参して、ここに？

「あなた、燃やされる覚悟をしてここに来たのかしら。準備万端ということね。そういうの、嫌いではないわ。――わかったわ。話を聞きましょう」

これなら、枯れ草に火をつけたものを投じるほうが威力が強い。

誰にも危害を及ぼさないものを作ったのならば、これはもう秘密にするものでもない。

ただの「お遊び」だ。

跪いたまま、鄭安は消えてしまった火と私の顔を交互に見つめる。

「火力を高めれば兵器となりますね。あなたさまが調合されたのですよね。たいしたものです」

鄭安は、竹筒を瓢箪でつついている。次に燃え跡のついた床に指で触れ、引っ掻いた。

その仕草は、犬によく似ていた。犬はたまに床や地面を前足でかきだし、掘り起こす。

「やはり、あなたさまはおもしろい。見込みがある」

鄭安が動きを止め、私の許可を得ずに立ち上がり、続けた。

「ご存じのことと思います。華封の国の歴代皇帝は龍の末裔と言われている」

話が飛んだ。

なにをいまさらと思いながら聞いた。

鄭安は、そのまま私の近くまで歩み寄り、私の目を覗き込んできた。

「あなたさまも龍の末裔です」

おもむろに告げられ、私は思わず目を瞬かせた。

――まさか。なにを馬鹿なことを言っているのかしら。

私はたぶん、また、笑ったのだろう。

「お笑いになりましたね。戯言をと、あなたさまは思っていらっしゃるのでしょうね。でも証拠があるのです」

ここで聞き返したら、相手の思うつぼだ。

感情のこもらない目で無言で相手を見つめる。どうでもいいし関心はないという態度を見せる。

どちらが上なのかを勘違いさせてはならない。この場の空気を支配するのは、私であって、あなたではないのだと思い知らせるべきだ。

私は戯言に惑わされるほど愚かではない。

「あなたさまはご自身の記憶にない赤子のうちに、実の母から取り上げられ、秘密裏に里子に出された。あなたさまの母は、先代の妃嬪のひとりでいらっしゃる。なにを根拠にそんな与太話をとおっしゃりたいのはわかっております。けれどこれを見てください。これは先代龍に嫁いだ、あなたさまのお母様――才人を描いた絵画です」

懐から絵を取りだし、うやうやしげに私に差しだした。

「ごらんください。面差しがそっくりです」

「絵など、いくらでも後づけで描くことができる」

半笑いで応じると、鄭安が深くうなずいた。眉間にしわを寄せた深刻そうな顔つきが、妙にかんに障った。

鄭安は私と目を合わせたまま、次はずっと持っていた白い花を私に押しつけてくる。なにをしようとしているのだろうと怪訝に思い、振り払うことも面倒で、そのまま花を受け取った。

と――。

花びらが、私の手のなかで、見る間に色を失って透き通り、氷細工の花に変じた。

――綺麗。

美しさと、不思議さに、目を奪われた。

繊細で、幻めいた、透き通った花びらと黄色の雄しべを私はじっと見つめる。さっきまでは素朴な白い花だった。けれどいまとなっては、自然のものには見えない。技巧を凝らした工芸品のように美しい花だ。

「……これは、なに？　手品？　それとも幻術？」

向こう側が透けて見える。

色を変えたことが不思議で、私は手に持った花を目の高さまで掲げ、ひっくり返して観察した。

「この白い花はサンカヨウというのです」

――サンカヨウ。聞いたことがない名前だわ。

鄭安が陶酔した目で私を見た。

「この花の花びらは龍の末裔が触れると透き通るのです。あなたさまの手のなかで花びらが玻璃となった、それこそがあなたが龍の末裔である証でございます」

「なにを言っているのかしら」

また失笑が漏れる。

おかしなことばかり言わないで欲しい。

「真実を言っているのです。先々代皇帝の起居注（ききょちゅう）にサンカヨウと龍の一族についての記録が残されております」

起居注とは、皇帝の側近が、皇帝の日々の言行を記録したものである。

鄭安は無言の私に諭すように話を続ける。

「あなたさまを育てた者も、この花のことだけは、なにかの形であなたさまに伝えているはずです。なんの花で、どこに咲く花だとまで言わずとも、育った御子が〝いつか〟自分の素性を知るために、サンカヨウの花にまつわることだけは告げるはず。そういう取り決めになっておりましたので」

――つまり私は陛下の異腹の妹になるのだと、鄭安はそう言っているの？

家族が渡してくれた布にほどこされた刺繍は、この花に似ている。

名前もわからない花だけれど、私の花だと教えてくれた。

思いあたるといえば、思いあたる。無関係だと思えば、無関係にも思える。とても曖昧な根拠で、理屈だ。

白い花なんてどこにでもある。娘を花にたとえるのもよくある話だ。

でも――。

私が持つ花の花弁が硝子となって向こう側を透かす「見たことのない光景」を目の当たりにして、私の理性が少しだけ斜めにずれる。

「華封の国の起居注は失われたと聞いている。この国に史書はない。歴代皇帝の記録は潰えている。私たちは自分と同じ時代を過ごす龍の言葉しか知る術がない」

不思議な花についてもっと詳しく聞くために、起居注の有無に言及した。

「いいえ。この国が夏往国に敗れた際に、先々代の皇帝の起居注といくつかの史書は夏往国に持ち去られたのです。夏往国の一部の者のみがそれを読むことができる。私はその写しを夏往国から渡されました」

「なぜあなたが？」

「私は夏往国の内偵のひとりです。同じく夏往国の内偵でもある皇后陛下と基本は別行動をとっておりますが……」

なるほどと私は思った。鄭安があくどいことをしながら後宮でのしあがれたのは夏往国の息がかかっていたからか。皇后が、見て見ぬふりをして、鄭安が権力をつけるのを許していたのは皇后にとって鄭安が身内のようなものだったからなのだ。

「その、起居注の写しが読めるなら、この後の話を聞いてやってもいいわ」

起居注があるなんて、眉唾ものだ。でも、なかなか愉快な話であった。聞いて楽しい嘘と、楽しくない嘘がある。起居注の話は私にとっては聞いて楽しい嘘だ。

「それをあなたさまが望むのなら。あなたさまは龍の一族なのですから、あれを読む資格がある」

読ませてくれるのかと、私は前のめりになった。鄭安は、私の興味が傾いたことを察したのだろう。饒舌になって、おぞましい計画を語りはじめる。

「どうして夏往国が華封の後宮に見張りを置くのかを、あなたさまはご存じですか？」

「属国だからでしょう」

「はい。ですが、それだけではない。属国にして取り込んで、皇帝の一族を廃することもできたのです。けれど我らはそうしなかった。この後宮は龍のための籠です。ずっと調べているというのに、我らはいまだ、龍の力の源がなにかを理解できていない。夏往国にもここと同じように龍の一族を捕らえ、調べ、子孫をなすための施設があります。そこではもっと早くに、子を産ませるので、彼等の寿命は短く……まあ、それはどうでもいい話ですね」

どうでもいい話ではない。

鄭安は、あえて、私を怖がらせるために言及したのだろう。私のあずかり知らぬ怖い世界があるのだと告げて、私を脅えさせようとしている。

我ら、と鄭安は言った。

自分が夏往国の人間だと隠す必要がなくなったのだ。

――だとしたら私はここで殺されるか、鄭安の配下に入り密偵となるか、それとも夏往国につれていかれるか、どれ？

私は己の命を一番高く見積もってくれる選択肢について考えはじめる。頭のなかがくるくると高速でまわっている。

「龍の一族には特別な力がある。戦いのさなかに龍を呼びだし、夏往国の軍勢を蹴散らしたと伝えられております。湖水の水をすべて持ち上げ、津波を起こしたという記録もある。土砂崩れを起こしたとか、千人の軍勢をひとりですべて倒したとか――夏往国だけではなく周辺隣国にも華封の歴代龍との交戦の記録がある。私たち夏往国の人間はそれをおとぎ話ではなく真実だと思い研究をはじめた。華封国の皇帝は、兵器として優れている。彼らの力が子孫に伝わる種のものならば、子を夏往国のものとし、夏往国に忠誠を誓わせるよう教育をし、使いこなせばいい」

すべては夏往国の長きにわたる計画ですと、鄭安が語る。

「あなたさまもそのひとつです」

ひとりではなく「ひとつ」と数えるのかと思う。

鄭安と夏往国にとって私は「人」ではないらしい。

あなたさまもまた龍の一族、と暗い声で続ける。

「華封も、夏往国も、血の近い同族の婚姻を忌避します。同族婚は禍を生む。獣にも劣る行いだと教え込まれる。けれど、私たちは、何代にもわたって秘密裏に操作をし、龍の一族同士を契らせた。夏往国は、龍同士の婚姻とその結果の子孫を欲しがった。力のある子が欲しかった。あなたさまは私たちの研究の過程のひとつ。研究を積み重ねているのに、いまだ、龍の一族の全貌は見えない。夏往国で育てても龍の力は発現しないのかもしれない」

ですから——と、鄭安が頰を引き攣らせ歪んだ笑みを浮かべた。

「あなたさまは、華封で人知れず生まれ、そのまま野に放たれたのです。無関係の人間として育ち、そしていずれ後宮に入る。そのように私たちはあなたの暮らしをずっと見張ってきたのです」

「…………」

「あなたさま自身に龍の力が宿っている気配はなさそうですが、それはそれとして、あなたさまはずいぶんと機知に富んでいらっしゃる。あなたさまが人知れずなさっている努力と学び──火薬の調合も──、私は興味深く眺めておりましたよ」

火薬や努力以外の話は、意味がわからないと思った。

いや、意味はわかる。だが、それが事実だと認めたくない。

「その火薬、あとで私にも作ってくださいよ。夏往国に譲ったら褒賞がもらえるかもしれません。場合によっては龍の一族の力より、その火薬のほうが強い力となったりは……しないかな。どうかな。少なくとも火薬なら私でも扱える」

鄭安は、床の燃え跡をぎらついた目で凝視し、思案するようにつぶやいた。

私は、鄭安からゆっくりと離れようとした。

「お待ちください。まだ話は終わっておりません。私たちとしては、ここで、あなたさまには子を成してもらいたいのです。華封という国で、陛下とのあいだの子を産んでいただきたい。ですが、このままではそういうことにはならないでしょう？　あなたさまが陛下の加護を受けていると、まわりの妃嬪や宮女たちは思っている。でも、内偵の私は知っています。あなたさまはまだ陛下と同衾していらっしゃらない」

鄭安がぴしりと告げる。

「それは……」

口ごもってから、はっとする。ここで即座に否定すべきだった。寵愛されていると胸を張るべきだった。

鄭安は不気味な笑顔で続ける。

「なんとしてもあなたさまには陛下の子を身ごもっていただきたい。少なくとも、男女ひとりずつ。そうしていただければ、そのふたりを番わせることができますから」

鄭安の計画を把握した途端、背中を戦慄が走り抜けた。なんておぞましいことを考えているのか。

「なにも告げず、媚薬を盛ることも考えましたが、陛下もあなたさまも用心深く己の体調をきちんと把握している。それよりは子細を打ち明けて、あなたの野心に訴えかけるほうが正しいと思ってこのような機会を設けました」

もし、あなたさまが男女ふたりの子を成したなら、ふたりとも死産ということにして、後宮の外に放ちます。その後のことはあなたさまには関係のないこと。

そして、子を産んだ後、あなたさまは夏往国にいくことができる。

そこで華封では得られなかった自由を味わうことができるでしょう。

必要なものはなんでもすべて差しあげましょう。

あなたさまの子を差しだしてさえくれれば、それでいい。

「あなたさまの本当の母親がそうしたように」

ひそりとつぶやかれた言葉には毒が含まれていた。

——私の本当の母は私を捨てて自由を得たのか。

「断ったらどうなるのかしら」

言葉が口から勝手に転がり落ちた。

「死んだほうがましだと思うような未来が待っている……とだけ」

そう告げて、鄭安はうつむいて頭を押さえる。

「失礼。霊廟に来ると本当に頭が痛くなるのです。けれどここはみんなに忌避されるから、立ち聞きされる怖れがなくて——秘密の打ち合わせにはいつもここを利用している。これからも、あなたさまと話をするときはここを利用することになると思いますが」

鄭安の顔が醜く歪む。痛みを堪えているのか、それともあやしい打ち合わせについて物思った心持ちがそのまま表情に出てしまったのか。

「私は……」

そう言ったきり、続く言葉が出てこない。これからも鄭安と霊廟で話し合うことがあるのだろうか。そんな未来しか私にはないのだろうか。

「陛下はあなたさまの誘いを断らない。あの方は、独特で——妃嬪たちが〝求める〟ならば受け入れるし、無理強いはされない」

たしかにと私は思った。義宗帝は、そういう方だ。

「陛下を誘うことに不安でいらっしゃるのなら、媚薬を差しあげておきましょう。使うか使わないかはあなたさまの自由ですが」

そう言って鄭安は私の目の前まで近づき、紙包みを手渡そうとした。ためらった私の腕を摑み、引き寄せ、私が手にしていた花を取り上げかわりに紙包みを押しつける。

「不慣れでいらっしゃるのなら私が誘い方を教えて差しあげてもいいですよ。私となら子はできない。そしてあなたは美しい」

「なにを……」

鄭安は薄く笑った。

ぞっとして鄭安の身体を押しのけようとした。けれど鄭安はびくともしないのだ。

「やめてっ。そんなものいらない。離しなさいっ」

鄭安は私の身体を捕らえ、私はそれにあらがった。揉みあっているうちに、いままで感じたことのない大きな怒りが私の内側で波打った。押さえつけることのできない力に似たそれが、噴き上がり、言葉となった。

「離せと言っている‼」

怒気をはらんだ私の声が龍の霊廟に響いた。

私の声に呼応するように歴代皇帝の像がぶんっと震え、床がふわりと浮き上がった――気がした。

気のせいだ。そんなことは起こり得ない。

けれど鄭安がやっと私の身体から手を離し、ぐらりと後ろ向きによろけたのは真実だ。

「うっ」

鄭安が低い声でうめいた。

私を凝視した鄭安の顔が苦悶に歪んでいた。そのまま鄭安は私に向かい両手を差しのべ、先々代の皇帝の像に後頭部を打ちつけた。ものすごい音がしたのに、鄭安は悲鳴をあげなかった。

カッと目を見開いたまま、先々代の皇帝像にはね除けられたかのように、反転し、ごろりとうつぶせて床に転がった。

それきり鄭安はぴくりとも動かない。後頭部にできた抉られた傷を私は途方に暮れて見つめていた。

呼吸をたしかめる。次いで、先々代の像についた血を拭う。

いざとなったら、呼びだした相手を殺すつもりで来た。

——でもこんなふうに殺すつもりはなかったのよ。

私は、人を、殺してしまった——。

＊

皇后に依頼を受けた日の翌日の朝である。

昨日とはうってかわって空は晴れ渡っていた。

翠蘭は元気よく起きあがり、いつものように木刀を持って庭に出た。水月宮で飼っている鶏がコッコッコッと鳴きながら、せわしなく地面をつついている。

考えをまとめるためにも精神を集中させ、木刀を素振りする。五十回を超えたところで雪英が飲み物を持ってやって来た。夏は冷たい水だが、寒いいまはあたたかい湯だ。

雪英が持つ茶碗からふわりと白い湯気がたっている。

「翠蘭娘娘、おはようございます。お飲みものをお持ちいたしました」

「ありがとう」

翠蘭は手を止めて、雪英から茶碗を受け取る。

「ところで、私、雪英に教えて欲しいことがあるの」

「はい。なんでしょうか」

雪英がきらきらと光る目で翠蘭を見た。頼られるのがとても嬉しいと、顔いっぱいに書いてあるようだった。

「鄭安について教えて欲しいの。私、鄭安を殺した犯人を捜すことになったの。だから鄭安について雪英が知っていることをすべて聞かせて」

義宗帝に隠れて調べるとなると、あまり目立った動きができない。あらかじめ対象を絞って聞き込みにまわったほうが安心だ。そのためにまず雪英からおおまかな情報を仕入れたい。雪英は翠蘭や明明より長くここで暮らしているから、後宮のみんなの事情に詳しい。

雪英は翠蘭の頼みを聞いた途端、困り顔になり、ちらりとあたりに視線を走らせた。翠蘭がまた面倒事を持ち込んだと悟り、明明に助けを求めようとしたのだろう。

「ちなみに、明明には、昨日正直に言ってる。今回は陛下に命じられたんじゃないの。誰の命令かは、いまは、雪英にも内緒。全部終わったら教える」

雪英が誰かに連れ去られ、知っていることを無理に聞き出されることがないようにという配慮だ。知らないことは、言えない。

「……はい」

雪英は観念したのか、神妙な顔でうなずき、聞き返してきた。

「娘娘は鄭安さまのことをどれくらいご存じなのでしょう」

「青い帯だから従四品の位だっていうことと、お酒をふるまったときの宦官たちの話しぶりからするとどうやら評判が悪そうだったってことしか知らないわ。顔に見覚えがなかったから、会ったことがないと思う」

宦官の中で太監は最高位で従三品の位である。太監はこの後宮においてただひとり。その下は、正四品の上と下でそれぞれ、後宮の役職の六部各省にふたりずつ配属されている。さらに下がったのが従四品で、こちらは各省に四人ずつ配置されている。

後宮にいる宦官は千人ほど。そのなかで従四品の地位は相当、上なのだ。

「はい。鄭安さまは従四品の尚寝官でした。各省で一番上位の長に権力が集うものです。が、尚寝官だけは違います。鄭安さまが一番の実力者で、すべての采配を握っておりました。ありとあらゆる備品の采配は、すべて、鄭安さまの胸の内ひとつ」

「どうして？」

「あまり良いお話ではございません。位階こそ太監さまには届いておりませんが、奴才たち宦官は鄭安さまのことを〝闇の太監〟と呼んでおりました。鄭安さまは、後宮で暮らす宮女と宦官の、弱味を握っておりました。鄭安さまは従四品の地位を、己の才覚や知恵ではなく、賄賂と、密告で、手に入れたのです」

どうやら思っていた以上に、冷酷であくどい宦官だったようである。

「鄭安さまがどのようにみんなの秘密を暴いてきたのか、奴才にはとんと見当もつきません。ただ、ひとつの秘密が、次の秘密を呼び込んできたのは知っています。誰かの弱味を握って脅し、別な誰かの秘密を持ってこさせる。ときには買い取る。買い取った秘密を別な誰かに売り飛ばしたり、内緒にするかわりに金品を寄こすか、地位を寄こせと脅迫したり、あちこち脅してまわって自分の位階をあげていきました」

雪英は少しだけ黙り込んでから、小さな声で「あいつは、自分の持っている秘密を取り引きに使って、いろんな悪事を消してまわるんだ。あいつのせいで、奴才の友だちが、やってもいない罪を身代わりにきせられて、杖刑を受けて、大怪我をおってそのまま死んじゃったんです」と、早口で一気に告げた。

「だから……そういうことがたくさんあるから……霊廟で倒れて死んだのが鄭安さまだと聞いて、奴才は、殺されてもおかしくないなと思ってました。娘娘、どうしても犯人を見つけなければなりませんか？」

さらに思いつめた顔でそう続けた。

「え……？」

「誰が殺しても、おかしくないんです。鄭安さまは、そういう宦官です。だから秋官たちも、犯人捜しなんて、本当はやりたくないんだと思います。むしろ、殺してくれた犯人に感謝してる秋官もいるはずです。奴才も……鄭安さま殺しの犯人は、見つけなくてもいいって……思ってます。娘娘ならきっと犯人を捜しだしてしまいますよね。お願いです。犯人を見つけないでください」

めったに頼み事をしない雪英が、珍しく頼んできたのが「犯人を捜さない」ことだなんて。

翠蘭は言葉を失って、雪英の顔を見た。

捜さないでくださいと言われても、聞き入れられない。雪英はすでに翠蘭にとって弟のようなもので、できるだけ雪英の願いを叶えてあげたいのに、これは無理だ。

黙ってしまった翠蘭を前に、雪英の顔色が青ざめていった。すぐに悔やんだ顔になって拱手した。

「ごめんなさいっ」

「あやまることないよ。顔を上げて」

優しく告げると、雪英は泣くのを堪えているみたいに、頬と眉間に力を込めたかたくなな表情で翠蘭を見返した。

「……翠蘭娘娘は神剣をお持ちです。誰に対しても公正にご判断になり、悪いことをした相手を捕まえなくてはならないんですよね。鄭安さま殺しの犯人を見つけないでくださいなんて……願ったら、娘娘はお困りになります……」

しおれる雪英の姿に胸をつかれる。

「そうね。悪事を働いた相手だからって、殺されてもいいってことにはならない。犯人は捜す。ただしそのときの状況もちゃんと調べる。どうしようもない事情があったら配慮する。それでいい？　雪英が悲しむようなことには、ならないよう心がける」

「……はい」

「いろいろと教えてくれて、ありがとう。ためになったわ」

「はい」

翠蘭は持っていた茶碗に口をつけ、一気に飲み干した。

空になった茶碗を雪英に手渡す。

「ごちそうさま。茶碗を返しがてら、明明のところにいって甘いものを食べておいで。私に命じられたからって言って、なんでもいいから、美味しいものをねだるといい。有益なことを教えてくれた褒美だよ」

「え……あの……」

「それで少しだけ私の気が晴れる。私のために食べてきて」

柔らかく頼むと、雪英の頬が緩んだ。最近になってやっと、雪英は、翠蘭と明明にかわいがられることに慣れはじめた。前なら恐縮し「そんなわけにはまいりません」と遠慮しているところだが、

「……はい」

と小声でうなずく。

走りだす雪英の背中を見送る翠蘭の胸が、愛しさで小さく疼いた。

朝食を済ませ翠蘭はひとりで水月宮の外に出た。手に抱えているのは片手で運べる大き

さの、河北省(かほくしょう)の民窯で焼いた白土の一輪挿しだ。

白い焼き物に黒い釉(うわぐすり)をかけ、削り取って桃の文様を描きだした素朴な花瓶に、白い椿の枝を活けた。

雪英の話からすると、秋官たちに聞いても捜査は進まないように思えた。宦官も宮女も犯人を見つけたがっていない気がする。

――陛下ですら、犯人捜しをしようとしていないのよ。

誰も鄭安を悼まない。悲しく寂しい死であった。

「だったら自分の目と足で稼ぐしかないわよね。まず龍の霊廟にいこうかしら。床についた燃え跡はもう綺麗になっているのでしょうけれど、他に気になるものが見つかるかもしれないし」

翠蘭はひとりごち、後宮の東北に足を進める。

――後宮の道は、どこもかしこも綺麗だわ。

男装をして後宮を抜け出て歩いた南都の道を思いだす。塵芥(ちりあくた)の溜まった道ばたからは、饐(す)えた臭いが漂っていた。

――囲われていて、退屈だけれど、綺麗だわ。

それがいいとも悪いとも思わずに、ただ、あまりに清潔な道の様子に胸がちくちくと痛んだ。

途中途中で行き合う宮女や宦官が、翠蘭の姿を認めて道の端に寄って拱手する。翠蘭のほうが立場が上なので、立ち止まって、翠蘭が通り過ぎるのを待たなくてはならないのだ。面倒くさい風習だと思う。道くらい好きなように歩けばいいのに。

翠蘭が「顔を上げて」と声をかけると、宦官も宮女もみんな素直に拱手の手を解く。そして翠蘭の手にしているものをしげしげと見る。

花だけを持っているのならまだしも、花瓶にさして持ち歩いているのは目立つのだろう。

「龍の霊廟にいこうと思うの。私は鄭安の死に哀悼の意を捧げてもいいでしょう？」

誰に対しても翠蘭は同じことを告げた。

互いの立場もあり、人の耳もある会話であること、そして鄭安の死体を発見したのが翠蘭であることをみんなが知っているからだ。

みんなが微妙な顔をしたけれど、だいたいの人間が「昭儀さまは神剣を賜った、幽鬼を祓うお力をお持ちの方でいらっしゃいますものね。さすがでございます」と、感心してくれた。

「久しぶりに水月宮から出てきたのよ」

と言うと「存じております」と、それぞれが、己の知る昨今の噂話を翠蘭に提供してくれる。

たとえば、義宗帝も七日間、肉と酒を断ち、沐浴（もくよく）をして身を清め、以降いまだ妃嬪たちを伽に呼ばず乾清宮でひとり寝をかこっているということ。

秋官たちは鄭安殺しの犯人を見つけられず、曖昧なまま事件は収束に向かっているらしいこと。

あの日、龍の霊廟の付近で淑妃と玉風の姿を見かけた人間がいるということ。

「玉風さんと淑妃さま？　玉風さんはまだしも、淑妃さまはあんなに遠くまでいかれないでしょう？」

「おふたりとも、霊廟のある小島の側に、陛下から新しい宮を賜ったのです。暮らすのとは別の宮を」

――玉風は書物が山ほどある宮を預かったと言っていた。それとは別に淑妃さまも、陛下から別な宮をいただいたって、そういえば私、龍床で三人で話しているときに聞いていたような？

あまりにもさまざまな出来事が起きすぎて、淑妃の宮の話は頭からすっかり抜け落ちていた。

「間違った人を連れていかれるより、犯人が見つからないなら見つからないで、それでいいとみんなしてそう言い合っております。それこそ昭儀さまが捕らえられなくてよかった、と」

そう教えてくれたのは、雪英と仲の良い宦官であった。

「そうね。ありがとう」

応じて、別れて歩きだすと、すぐにまた別な誰かに行き合うのである。

「昭儀さまの潔斎は義宗帝より長かったのですよ。昭儀さまは神剣を賜った妃嬪であるだけあって、いろいろと骨を折ってくださっているのだと、私たちはそう噂していたんです」

司馬貴妃に仕える水清宮の宮女が言う。

翠蘭は後宮内でいくつかの事件を解決し、幽鬼を祓ったことになっている。実際は義宗帝に指図されて右往左往しているうちに、気づいたら物事がすべて義宗帝の思惑通りに整理されて、収まっただけのこと。

それでも気づけば翠蘭の後宮内での評価は斜め上の方向に勝手に上がっていた。

「やっぱり長く潔斎をしなくてはならないほどの、凄まじい穢れだったのですか」

宮女はちらちらとあたりを見回してから、興味津々という感じで小声で聞いてくる。

彼女だけではない。みんなが、そうだった。

後宮において噂話は情報であり娯楽なのだ。閉ざされた後宮での日々に退屈した女と宦官たちは、他人の死をも消費する。

それをいいこととは思わない。が、悪いこととも思えない。

ただ後宮での「死」の概念と身近さに、戸惑うだけだった。

「そうね。潔斎の日々の長さが穢れと対応しているわけではないのだけれど」

　どうとでも取れる返事をする。

　思えば自分はずいぶんと「ごまかし方」が巧みになった。言葉をぼかし、言ってはならないことは口にせず、相手の受け取り方によって中身が変わる不確かな会話を、ふわふわと交わす。

「私は鄭安のことをまったく知らないのよ。どういう宦官だったのかしら。よかったら、あなたが知っていることを教えてくださらない？」

　ついでのように質問すると、たいがいみんなが狼狽えた顔になる。

「祈るために知りたいの。悔やむことがあれば、幽鬼となって後宮を彷徨(さまよ)うかもしれない。あるいは生前の自分のおかした罪に苛まれて、この世につなぎとめられているかもしれない。もしくは生前の身体の苦痛を忘れられずに、足が痛むからここから抜け出られないと居残るかもしれない。後宮は幽鬼が多い場所なことは、あなたも知っているでしょう？私が鄭安のことを知りたいのは、万が一のときに、不浄を祓うためよ」

　花瓶を掲げて説明すると今度は「そうですか」と返事をする。

　半分が不安そうな顔になった。もう半分はほっと胸を撫でおろしていた。正反対の反応を見せながら、道ばたで出会った宦官と宮女たちは思い思いの言葉を述べた。

「悔やむような心があるのかどうかわかりませんが……罪科が鎖となるのなら、鄭安さまは後宮にものすごく太い鎖でつなぎとめられていることでしょうね」

と言ったのは宮女のひとりだ。

「鄭安さまの足腰はあれで達者でしたから痛むことはないでしょう。ただ、鄭安さまは頭痛持ちで、我慢できないくらいの頭痛で寝込むことがありました。奴才は鄭安さまのために頭痛止めの薬を処方いたしました。効かないと言われて、後に、杖で打たれました。それ以来、奴才は鄭安さまと関わっていませんよ」

と言ったのは年老いた宦官だ。打たれたせいで利き手の骨が折れ、酷い目にあったのだと恨みがましい暗い目で語ってくれた。

「最近、目が見えなくなったとおっしゃって、己の〝目〟となる宦官を探していましたね。文書を読める従者を探してた。でも悪評がひどすぎて誰も鄭安さまなんかには雇われたがらなかった。死んだことをどう思ったかって？　こんなこと言ったらなんですが、いい気味だって思いましたよ。あたしに言えるのはその程度です。お役に立てず、すみません」

老いた宮女が薄笑いを浮かべて告げ、去っていった。

「秋官たちはもう犯人捜しをやめたと聞いてますよ。ここだけの話ですが……陛下が秋官たちに裏で手を回して捜査を中断させたとのことです。秋官たちも鄭安さま殺しが誰であるかなんて調べたくもなかったし、喜んで従ったって聞いてますよ」

宦官が翠蘭におもねるように笑って告げた。

誰ひとり、鄭安の魂の安寧を祈らなかった。

そうして――翠蘭は龍の霊廟に辿りつく。

白い椿を挿した花瓶を手にして歩く翠蘭の頭のなかを、行き合った宦官と宮女たちに与えられた噂話と情報が雑多に混ぜこまれ、ぐるぐると渦巻いていた。

――つまり、当日、犯人と目されそうな妃嬪は私を含めて三名いたんだわ。

第一発見者の翠蘭。それ以前に龍の霊廟の付近にいるのを目撃された玉風と淑妃。

――私も含めて全員が、傍から見れば陛下の寵愛を受けている。

神剣を賜った翠蘭。新しく別な宮を賜った玉風。別な宮を賜り夜伽も命じられ加護を受けている淑妃。

「陛下が守ろうとしたのは私だけではなく、この全員なのかしら。皇后さまが疑っているのは、では、誰？　私を信じているから私に犯人捜しを命じたの？　それとも別な思惑があるの？」

考えすぎるのはよくないが――考えすぎないと、またもや、走るだけ走りまわって、誰かの手のひらの上で踊らされることになる。

踊ること自体はどうでもいい。

ただし誰かが傷つくのは――嫌だった。

――証拠集めをした結果、無実の誰かを真犯人にでっちあげる計画に荷担することにならないよね？

義宗帝が「なにもするな」と命じたのは、皇后に踊らされるのを避けろという意味だったのだろうか。

「私は人の心の裏側や、誰かを陥れようと張り巡らされた罠を毎回見落としてしまうのよ……」

翠蘭は、己の無能さを噛みしめる。

考えすぎたせいなのか、頭が痛くなってきた。

と――翠蘭の手にぽとりと水滴が触れた。冷たい感触にうつむくと、花瓶から水が溢れ、翠蘭の手を濡らしていた。

「どうして？」

まだ朝晩が寒いから花瓶の水が凍るかもしれないと思って、水は少なめにしたのだ。溢れるのは、おかしい。

しかも、花瓶の口までのぼっていた水は、翠蘭の目の前で今度はみるみる引いていった。

慌てて花瓶から椿を引き抜き、中身を確認する。

花瓶の水は、翠蘭の記憶のとおりに少なめだ。

なにもしていないのに花瓶のなかで、水位が上がって、下がった。

ふと、視線を感じたような気がした。自分が唯一、頼りにしている野生動物の本能に似た感覚が、肌をざわめかせた。

――ここは、なにかが、おかしい。

周囲を見回す。

歴代皇帝の像はすべて最奥の龍の祭壇に向けられている。だというのに、歴代皇帝像の目がじっと翠蘭を凝視しているような気がしてならない。

うなじに冷たいものを当てられたような寒気を覚える。寒気はそのまますっと身体の下方に降り、翠蘭の背中から足もとまで走り抜けていった。

理屈で整理できない出来事に遭遇したとき、まれに人は、恐怖する。

幽鬼がいる場所は寒く感じるらしい。もしかしたらすぐそこに、鄭安の幽鬼が佇んでいるかもしれない。あるいは別な誰かの幽鬼が。

見えていないだけで。

翠蘭は顔を引き攣らせ、椿の枝をあらためて花瓶に挿し、最奥の龍の祭壇の前にそっと置く。

歴代皇帝に冥銭はくべないと義宗帝が言っていた。そのかわりに、白い花を捧げる。

――龍の霊廟には、なにかが、いるのかしら。白い花を捧げるべき、なにかが。

幽鬼がいるのなら、龍だっていてもおかしくない。

——それがどういう力なのかわからないけど、陛下にはなにかの力がある。

義宗帝が水龍をあやつったように、ここに祀られている歴代龍たちもまた、各々が龍の力を持っていたのではないだろうか。だからこそ、死後に、こうやって集められ、歴代の皇帝たちのみの霊廟が祀られているのではないだろうか。

翠蘭は祭壇の龍像を仰ぎ見た。

「そこに——いらっしゃるのでしょうか」

唇が動いた。

翠蘭の問いに返事をするかのように、龍像の胴体の鱗がてらりと輝いた。単に、窓の外の日差しを遮っていた雲が動き、零れ落ちていた光の角度が変わったせいだ。

ひとつひとつ形の違う鱗が光を弾き、像に動きを与えている。そう計算されて作られている。

頭では、わかっている。

でも、心は別な思いに囚われる。もしかしたら龍像は動くのではないか。生きているのではないか。帳の裏側で、訪れる者たちを見張っているのではないか。

あるいはもっと得体の知れないものがそこに潜んでいるのでは。

どくんどくんと心臓の音がする。翠蘭自身の身体の内側で鳴る音のはずなのに、いつもよりずっと大きく響くから、目の前の龍像が脈打っているかのような錯覚を覚える。

翠蘭は金銀の糸で雲海と銀波が刺繍された紅色の帳に手をのばし、一気に、まくりあげた。

ここで確認をするのが、翠蘭なのだ。黙って、見ないふりをして、立ち去ったりしない。後悔することになろうとも、動く。

まくり上げた先には、龍の頭部。

像は天に向かって蛇に似た胴体を長くのばし、立ち上がっている。いまにも飛翔しようとしているのだが、頭部は祭壇の前に立つ者を見下ろす形でこちらを向いている。猛々しい爪を持つ前足が玉を掴み、長い髭を垂らし、開いた口の奥で尖った牙が光っていた。龍の金色の大きな目に見据えられたような気がして、翠蘭ははっと息を呑んだ。

けれど――それだけだ。

龍像は、龍像でしかなかった。

鱗の一枚、髭の一本――なにもかもが活き活きとし、躍動感を伴った見事なものだが、動きはしない。生きてもいない。

翠蘭は我知らず、長く吐息を漏らす。

「……華封の初代龍はそのような面差しでいらしたのですね。本当に龍なんですね」

そう言いながら、龍以外のなんだと思っていたのだと自分に問うてみる。もっと、こう……と思ったが「もっと、どう」なのかを思いつきもしない。漠然と義宗帝の面影を探してみるが、龍は龍にしか見えないし、義宗帝はちゃんと人間の造形をしているし——どこといって似ているところはない。

「ご無礼をお許しください。私は、義宗帝の縁者です。そう名乗らせてください。私は義宗帝の神剣なのです。ですから、お邪魔します。調べさせてください」

そもそもどうしてここに来たのか、その目的を思いだす。

——鄭安殺しの犯人を調べる手がかりのためよ。

龍像に揖礼してから、龍の霊廟の周囲に視線を走らせる。鄭安がうつぶせていた場所はもう綺麗に掃除されていて、なんの痕跡も残っていない。

「秋官は無関係のように言っていたけど、火の気があったのはおかしいことなのでしょう？　義宗帝も床の燃え跡について調べようとしなかった。でも……」

そこになにかの鍵があるような気がして、燃え跡があった場所の見当をつけ、しゃがみ込んで手で触れた。

ぐらりと、身体が揺れた。目眩がして、全身に鳥肌が立った。

それは一瞬のことで——すぐに体勢を立て直し、転倒をまぬがれたのだけれど。

——やっぱりこの場所は、なにかが、おかしい。

そういえば、はじめて足を踏み入れたときも視界が揺れた。

ぼんやりと冷たい床に手を押し当てる。

花瓶の水の増減。自分の体調。ここに入る度にふらふらと目眩がする。

歴代龍たちのための霊廟。義宗帝が翠蘭を助けるためにあやつった龍の猛々しくかつ美しい姿。川面が隆起し水で造形された龍が、自分に神剣を渡してくれた。義宗帝が漕ぐ舟で川をのぼり後宮に戻った南都からの帰り――舟の速さは翠蘭の知るそれとは違う勢いであった。

意のままに川の水をあやつってでもいるかのようで――。

「水、か。すべての鍵は〝水〟だ」

翠蘭の口から言葉が零れた。

歴代龍も義宗帝も水をあやつることができるのだろうか。

――私の身体にも水が流れている。血液もまた水だ。皮膚の下を伝う水が私の身体を動かしている。

龍の霊廟に足を踏み入れることで体内に溜まる水分が増減していたとしたら――目眩が起きてもおかしくない。

と――。

どおんっという音がした。

いままで聞いた覚えのない音であった。地面が震え、音が這い寄って足もとを揺らした。

「なに？」

立ち上がり、様子を探る。

耳を澄まして龍の霊廟から外に出ると、銅鑼(どら)の音が遠くから響いてきた。後宮の災害を告げる銅鑼だった。

がんがんと打ち鳴らす銅鑼の音と共に、

「明鏡宮の二の宮が爆発したぞ‼　火事だ‼」

と誰かが叫ぶ声がした。

5

殺害の翌日、私は皇后が過ごす水晶宮に向かった。後宮の妃嬪たちは全員、義宗帝の「もの」である。宮女たちも女性であるがゆえに義宗帝の支配下にある。

が、それ以外の後宮すべてを取り仕切っているのは皇后だった。

後宮の真の権力者は夏往国から嫁いできた皇后陛下だ。

人払いを願いでた私を、皇后は庭の池の小島にある東屋に通してくれた。

一対一で差し向かいに椅子に座る。布でくるんだ温石が椅子の背に置いてあり、宮女のひとりが膝に抱える小振りの温石も置いていってくれた。

皇后は斗篷にくるまり温石を抱え、微笑んで私を見ていた。

「あなたが私に会いたがるなんて珍しいこと。しかも人払いを願うなんて」

私の真意を透かし見るように目を細めた皇后は、物語に出てくる、美女に化けた知恵があるあやかしの佇まいだ。美しくて、ずる賢くて、魅力的だ。

――鄭安を殺したのは、私。

私は用意された香り高いお茶に口をつけ、喉と舌を湿らせた。

太陽は高く、空は突き抜けるように青く、風が冷たい。

「人払いはお互いのためです。昨日、殺害された鄭安は、夏往国の内偵だったのでしょう? しかも有能な内偵だったように思います。だって〝闇の太監〟ですものね。後宮のあらゆる後ろ暗い情報をすべて夏往国に伝えていた」

私の言葉を聞いても皇后の微笑みは崩れなかった。

「でも後宮のすべての力は皇后さまの支配下にある。鄭安ひとりだけで〝闇の太監〟にのぼりつめるのは無理ですよね。皇后さまと鄭安がどのようなやり取りをされていたのかは私には不明ですが、おふたりは話し合い、役割分担をされていたと思っております」

皇后の微笑はまだ崩れない。

「鄭安は私にサンカヨウという花を見せてくれました。皇后さまはサンカヨウをご存じですか?」

「知っている。私の内庭の奥にひっそりと咲いている。あれはとても珍しい花よ。そう——鄭安はあなたにサンカヨウを見せたの——それは知らなかったわ」

皇后の微笑はまだ崩れないが、それでも言葉が返ってきた。

「私がその花を手にすると、サンカヨウの色が変わったのです」

私はまたお茶を飲み、どうということのない言い方で告げる。

皇后の微笑がやっと消えた。冷たい目で私を見た。

「それをどうして私に言う？」

サンカヨウは、その名を告げるだけで、さまざまなことが一気に伝わる類の貴重な花のようである。

「鄭安が報告する機会が失われたので、仕方なく、自分で言いにきたんです。皇后さま、鄭安を殺したのは私です」

「………」

「交渉をしたいのです。私は命乞いはしませんわ。だって鄭安が私に伝えたことが真実なら、私の身体にはとてつもない価値がある。それで――価値があるからこそ、私を縛る枷(かせ)を外してくれと願ったところで、無理でしょう？　本当の意味で私を自由になんてできやしない」

私は子を望まれ、産んだ子を取られ、その後もずっと夏往国に見張られて、囚われる。

「ならば、せめて枷はそのまま、鎖の長さを引き伸ばしてもらいたい。死んだ鄭安の変わりに私を〝闇の太監〟の地位に押し上げてみませんか？」

闇の太監になるために、子を成さずに後宮にいる時間がある程度、必要になる。

それを許してくれるかどうかが第一の賭けだ。

「その対価になにを差しだす？」

皇后が皮肉っぽい小さな笑みを浮かべ、聞いてきた。

「どうして差しださないとならないのです？　私の存在に価値を見出したのは夏往国でしょう？　この私が協力してさしあげましょうと言っている。夏往国は謹んで拝受すればいいのよ」

時間稼ぎだ。

だが、時間を稼ぐことは重要なのだ。鎖の長ささえ引き伸ばしておけば、いつか本当の意味で自由になれる日がくるかもしれない。

私は、長くじっくり努力をし、策を練るのは得意だ。

皇后は思案するように目を細め、私の後ろの風景をしばらく眺めていた。

「――だとしたら鄭安殺しの犯人は、そなたではないな。あやふやにしておくと後になってつつかれるかもしれぬ。真犯人を突き止めなくてはならないね。私に後押しさせたいのなら、価値があることを自分で示せ。まずそれくらいのことをやってもらわないと困る」

虚空に向かって、皇后が言う。

「そのように皇后さまが思われるのでしたら」

皇后が返事をせず、茶碗を持ち上げ、茶の香りを嗅いで眉を顰め、口もつけずに遠ざけた。

「この茶の匂いは甘すぎるな」

「そうですか？　美味しいお茶ですけれど」

冷たい風が私たちのあいだを通り抜けていった。


自宮に戻る道すがら、私は、自分の身の回りにいる「鄭安殺し」となりそうな人物について考えていた。遺書を残して私のために死んでくれそうな宮女か宦官をひとり用意して、説得しなくてはならなかった。

＊

「明鏡宮の二の宮だ」

宦官たちが口々に叫んでいる。

翠蘭が龍の霊廟から飛び出て石橋を渡りきると、目の前を斧や鉈を抱えた宦官たちが走っていった。後宮で火事が起きたときに、宦官たちは、まわりの建物や樹木を壊していく。炎を水で消すのではなく、燃えやすいものを周囲から取り除き、延焼を防ぐのが後宮の消火活動である。

「普通の火事の勢いじゃない。なんなんだ、ありゃあ」

誰かが言った。

「知らないよ。とにかくいきなりすごい音がして、燃えたんだ。気づいたときにはもうあんなだった」

明鏡宮は淑妃の宮だ。

本邸は後宮の東、乾清宮の側にある。が、二の宮はどうやら龍の霊廟の側にあるらしい。そういえば淑妃も義宗帝に新しく別な宮を賜ったはずだから、二の宮とは淑妃の別邸であるのだろう。

宦官たちが向かう方角に、翠蘭も駆けていく。

大きな黒い煙が空に向かって立ち上っている。

目がちかちかとする。風のなかに異物が混じっている。火の粉と煤が舞っている。煙の臭いが鼻と喉にこびりつく。翠蘭は袖で口と鼻を覆って黒煙を目がけて足を進める。燃え上がる宮に近づくにつれ、風の温度が上がっていく。

宮は轟轟(ごうごう)と音をたてて燃えさかっていた。

火柱が空に立ち上り黒い煙が炎の周囲を取り巻く様子は、まるで赤と黒の二匹の龍であった。互いの鱗を擦りあいながら、燃える建物を供物にし、風を纏い、空を駆け上っていく。

水を撒く宦官たちもいるにはいたが、なんの足しにもならないことにすぐに気づき、手を止めた。そのかわり、延焼を防ごうと、周囲の樹木を切り倒し、草を刈る。

明鏡宮の二の宮のまわりに空き地が広がる。

忙しなく働く宦官たちのなかで、唯一、身動きもせず火柱を見上げている妃嬪の姿を見つけ、翠蘭は思わず走り寄った。

「淑妃さま……いったいなにが……」

飛び立ちそこねた幼鳥のように、固まって、立ちすくんでいるのは、淑妃だった。

梅の紫がかった紅色の濃淡の上襦と裙に、春を告げる鶯の羽根のくすんだ黄緑の帯を巻き、領巾は黄みがかった、うす茶の練色であった。

淑妃は途方に暮れた顔で翠蘭を見返した。はじめて見せる表情だった。

「わからないわ……」

つぶやいた淑妃の声に重なって、どおんと大きな音をさせて宮の片側が爆発する。新しい火柱が噴き上がり紅蓮の炎が上がる。

淑妃の背後で、建物が薄っぺらな紙片みたいにあっけなく焼け、崩れ落ちていく。柱も屋根も壁も、燃えて、落ちる。すべてが火にくべられて、煙と炎に変化し、空にのぼっていく。

「いえ、わかってはいるのよ。でも信じたくないの」

そう続け、淑妃は帯に挟んだ紙片を翠蘭に差しだした。

翠蘭は淑妃から紙片を受け取る。

どうやら手紙のようである。畳まれたそれを開くと、ところどころ間違って黒く消され、書き直された拙い文字が綴られていた。

『我殺了鄭安』

私が鄭安を殺しました。

『我会自殺来承担責任』

その責任を取るために自死いたします。

読み取った翠蘭は絶句し、淑妃を見た。

「淑妃さま……これはいったい……誰の手紙なのでしょう」

「私の宮女の小薇（シャオウエイ）よ。よく仕えてくれた宮女だったのに……これを残して……この宮にひとりで……」

淑妃の顔が炎に向けられる。

「このなかに小薇が？」

慌てた翠蘭の袖を淑妃がつかみ、引き止めた。

「いかないで。あなたはすぐに駆けだしていってしまう。人を救おうとする。でも、この火ですもの。あの子、もう、生きてはいないわ。あなたまで失ったら、私、どうしていいかわからない。お願い。ここに、いて。私の、側に、いて」

細くて、白い指だった。脅えて、かすれた声だった。強い力で引き止められたなら、ふりほどいて走っていったかもしれない。が、淑妃は、あまりにもひ弱であった。側にいてあげなくてはと、思わせるほどに。

「あの子、鄭安に弱味を握られて脅されていたの。私、気づいていたのに、小薇が自分で私に相談してくれるまでほおっておこうと見守っていたの。それが……こんなことに……」

淑妃の目が潤み、涙が丸い滴となって膨らんで、頬を伝い落ちる。

「手紙に気づいて、私は、小薇を捜したの。私がこれを読んだとき、小薇はもう宮にいなかった。他の宮女たちに話を聞いて、小薇を追いかけたのよ。でも、私はこの足だから……あまり速く進めないし、長い距離を歩けない……どうしても休み休み進むしかなくて……」

淑妃の声が頼りなく、萎(しぼ)む。

「まさかこの場所に来るなんて思いもよらなかったのよ。私はここを陛下に賜って火薬の調合をしていた。小薇は、私がなにをしていたのかを私の側でじっと見ていたから……ここでなら……私の火薬を使ったなら……ひとおもいにあの世にいけると、そう思ったのでしょうね。私が調合していた火薬に火を点けて……」

焼死はらくな死に方ではないわ。だというのにあの子、こんな方法で自死するなんて……。

淑妃は、ぼんやりとした言い方で、燃えさかる炎を見ている。滑らかな白い頬を涙の滴が滑り落ちる。

「私が、自分ひとりで捜すことにこだわらなければよかったんだわ。輿を使えばよかったのよ。ただ、おおごとにしたくなかった。騒いで追いかけて小薇を引き止めて、秋官たちや陛下や皇后さまに、この手紙の中身を知られれば、小薇がどういう目に遭うか怖かったから……」

淑妃は震える指で涙を拭う。

「昭儀、私、あなたに貸しがひとつある。陛下と一緒に、あなたを守ったわ。その貸しをここで返してくださらない？ いまここで、私を、抱きしめて。怖いの。とても……怖いの」

風に紛れ込んだ煤が淑妃の顔を汚している。涙と煤で汚れた淑妃の顔はぐちゃぐちゃで、それが彼女をいつもよりもっとあどけなく見せていた。だから翠蘭は、幼子みたいに泣き、身体を震わせる淑妃を抱きしめた。

淑妃は柔らかく、小さかった。翠蘭の腕に包まれ、胸に顔を押しつけ、淑妃は長く息を吐いた。

「その手紙……昭儀に差しあげるわ。私はあなたの名誉を削ぐような噂を流すのを許した。あなたを守るためだとしても――あなたと、あなたの宮女も、噂のせいで傷ついた。その借りは、この手紙で払う。もしこれから先、鄭安殺しの罪をあなたが皇后さまに問われることになったら、それを使って」

どぉんと地響きをさせて宮が燃え落ちていく。風の音が強い。宦官たちが周囲を走りまわっている。

「ですが……私は」

口ごもった翠蘭の言葉をはね除け、淑妃が続ける。

「断らないで。お願い。その遺書を、あなたの好きに使って。あなたにしか渡せない。私が持っていてもなんにもいいことはないものよ。自分の宮女が宦官を殺しただなんて……明らかにしてもいいことなんてなにひとつない」

翠蘭はしばしためらって、でも結局は、うなずいた。

「はい」

喧噪（けんそう）のなか――淑妃と翠蘭は抱きあって互いの声に耳を澄ましている。

「これで貸し借りはすべて精算されたわ。でも、新しい借りを私に作らせて。お願い。明鏡宮にいって私のための輿を呼んで。私は今日はこれ以上は歩けない。歩きたく、ない」

胸のなかで顔を上げた淑妃の目は、もう、乾いていた。

汚れた顔だが、乾いていたのだ。

淑妃の黒い目は挑むような輝きを沈ませ、翠蘭を見つめていた。

――彼女は自分のなかで落としどころを見つけてしまったのね。

翠蘭にとっては「あっというま」とも思える時間で、宮女を心のなかに葬った。悼み、哀れと感じ、別離に泣いて――そしてそのすべてをひっくるめて全部を己の胸の奥深くに埋葬し、感情に土をかぶせた。

強い人だと翠蘭は思う。

翠蘭にはない強さであった。強いのに、柔らかい。柔らかいのに、冷たい。

状況を見据えて瞬時に判断し、人の手を頼って進む。「お願い」と鈴のような声でささやいて、甘えながらも、貸し借りはきっちりと精算し支払おうと決めている。相手から取りたてることも忘れない。

ずっとそうしてきたのだろう。

これからもそうやって生きていくのだろう。

「はい」

翠蘭は淑妃を抱擁する腕をほどき、その手を取る。渡された手紙を懐にしまい、

「お顔が汚れています」

と袖で淑妃の顔を拭った。

そうして翠蘭は、近くにいた宦官に淑妃を預け、ひとり明鏡宮に走った。

明鏡宮から出てきた宮女たちのなかに小薇の顔を捜すが、当然のことながら、彼女はいない。

「淑妃さまが、明鏡宮の二の宮におひとりでいらっしゃいます。宮は火事で倒壊しましたが、淑妃さまはご無事です。急ぎ、輿を用意し、二の宮に迎えにいってください」

翠蘭の言葉に宮女たちがどよめいた。慌てて輿と担ぎ手の宦官の手配のために翠蘭から離れ、散っていく。

伝えるべきことを伝え、翠蘭は今度はすぐに後宮の西の片隅にある尚宮殿に向かった。

翠蘭の懐には、鄭安殺害を自白した小薇の遺書がある。

——どう殺したとか、どうして殺したとかそんなことは一切書いていない。

でもこれは重要な証拠であった。

——鄭安に脅されていた宮女が、遺書を残して、火薬を使って焼死した。

龍の霊廟に残っていた煙の臭い。床の燃え跡。殺された死体。跡形もなく燃え落ちた明鏡宮二の宮。残されたもの、起きたことという「点と点」をつないでいくと、事件の形ができあがる。

辻褄(つじつま)は、あっている。

たぶん、あっている。

ただしこれだけでは説得力がない。鄭安の検屍はもう終えているはずなので、その記録の写しをもらい、検屍官の所見と共に、死因を翠蘭なりに考え、遺書と一緒に皇后に提出しようと思った。

尚宮殿は後宮を動かし管理するための場で、すべての部署がこの殿舎に集まっている。宦官や女官たちが書類や竹簡を山ほど抱えて歩いている。

「検屍官の所見を記録したものを見たいときはどこにいったらいいのかしら」

翠蘭は、宦官をつかまえて尋ねた。宦官は翠蘭が誰かを知っていたようで「はい。昭儀さま」と拱手してから、質問に応じた。

「でしたら尚寝官のもとにございます」

「は？　刑部でも医者でもなく尚寝官？」

尚寝官は担当している範囲があまりにも広すぎるのではないだろうか。死体まで？

「検屍となると死体で、腑分けですよね。腑分けは、医術とはまた違うんです。穢れですから……。ただ、医者が腑分けしたとしても見逃すことを、検屍官はちゃんと見つけてくれてるから、大丈夫ですよ」

翠蘭はよほど「解せぬ」という顔をしていたのだろう。宦官が宥めるようにそう言った。

「ああ……なるほど」

「生きてるあいだは医者が診て、死んだら〝器物〟なので尚寝官でもある検屍官の扱いになります。でもちゃんとした経験者たちが調べているし、事件になれば、尚寝官に秋官たちが意見を求めにいくので困ることはないのです」

納得できるようなできないようなと思いながら、翠蘭は、尚寝官に問い合わせをする列の最後尾に並んだのであった。

その三日後——義宗帝と皇后の連名の招待状が水月宮に届いた。

明鏡宮の二の宮での火災と鄭安殺しの犯人についての申し渡しを、ありがたくも義宗帝と皇后のおふたりが翠蘭に直々に伝えたいという話であった。

秋官たちの調べにより、明鏡宮の二の宮の火災は、小薇という宮女が火薬に火を点けたことが要因と結論づけられた。

小薇はその火災で焼死。

鄭安殺しの犯人も小薇だったとみなされているが、犯人が死亡したため刑罰を受ける者はいない。

——そういうことに、なったのだ。

翠蘭に招待状を運んだ使者も特に詳しく説明はしなかったが「異議があるなら」その場で言えということなのだろう。

呼びだされたのは坤寧宮（こんねいきゅう）である。

坤寧宮は、皇后が執務と謁見を行う際によく使われる宮である。ここで行われるのは私的な物事ではなく、公的行事と会議と取り調べだ。

丸い朱塗りの柱で支えられた高い天井と壁のあちこちに鳳凰と亀が描かれていた。赤と緑と金の取り合わせが目に飛び込んできて、ちかちかする。

どこもかしこも極彩色だが、それでも義宗帝が暮らす乾清宮よりは地味なのであった。

翠蘭は、しずしずと謁見の間に向かった。

通された謁見の間の広い壁に掲げられた絵画は、羽ばたく鳳凰が亀と睨みあっているという、縁起が良いのか悪いのか判断が難しいものだ。

もしかしたら皇后の趣味なのかもしれない。

翠蘭は、鳳凰の鋭い爪に掻きむしられる覚悟を持って、椅子に座る義宗帝と皇后の前に跪いた。

おそらく別室に宦官が配置され、この謁見の様子をすべて記録しているはずだった。

「水月宮の昭儀――翠蘭、参上いたしました」

「膝を上げよ」

皇后の声がした。

「はっ」

翠蘭はゆっくりと立ち上がる。

向かって右に義宗帝が、左に皇后が座っている。

「本当は水晶宮に呼ぶつもりだった。けれど陛下がどこからかそれを聞き及んで、もったいなくも同席してくださるとおっしゃったので坤寧宮に場を設けた。――どうやら昭儀は、また、勝手に、鄭安殺しについて調べまわっていたようですね？」

皇后が言う。

自分が命じたことは隠し、翠蘭が好きでやったことだと押しつけてくる。だったら、それでいいと翠蘭も思う。翠蘭の性分からして、調べたいと欠片も思っていないなら、断った。

「はっ。調べておりました」

うなずくと、義宗帝が「此度は関わるなと命じていたのに、そなたというやつは」と柔らかく告げた。怒っている言い方ではない。どうしようもないことと呆れ、仕方なく諦めたような口ぶりであった。

皇后がにっと人をくったような笑みを浮かべ、身を乗りだし、義宗帝の言葉を引き取るように続ける。

「だから、陛下に許しを得て、ここにそなたを呼んだ。いくつかの事件を解決し、幽鬼を祓った陛下の神剣。そなたの意見を聞きたい」

意見を聞きたいと言われてもと思ったが――翠蘭は畏まるしかないのであった。

「はっ」

「面倒な前置きは、はぶきましょう。火災を起こしたのは淑妃の宮女、小薇だという。宮女の罪は、きちんとした躾ができぬ主の罪でもある。本来ならば淑妃を取り調べるところではあるが――陛下が私に嘆願書をお出しになった」

皇后がうんざりとした顔で告げる。

口ぶりからすると、皇后は、義宗帝の寵姫のひとりである淑妃を排除するきっかけとしてこの事件を使いたかったのかもしれない。

「小薇が使用したという、硝石を原材料として調合した火薬を作りだしたのは、たしかに淑妃である。が、調合の許可を出したのは私であり、すべては私の庇護のもとに執り行われたものだ。淑妃を罪に問うのなら、淑妃に許しを与えた私も罪に問われる」

義宗帝が言う。皇后の言葉をねじ伏せるような朗朗とした声音であった。

「まさか。陛下の罪を問うなんてこの私にできるものですか」

皇后が即答し、義宗帝は微笑んで、皇后を見た。

「火薬の調合と取り扱いの技術は、私と皇后に共有され、華封のみならず夏往国にも伝えられることになろう。淑妃の手柄であり、私の手柄であり――皇后の手柄でもある。罪にはできまい？　淑妃は良いものを作ってくれた。夏往国が求めている強い武器だ」

義宗帝は神々しいくらいの美貌の全てをこめた笑顔になった。義宗帝は己の美貌の使い方をよく知っている。

「武器だけを求めているわけではございません」

皇后はたじろがず意見し、義宗帝も「わかっているよ」と穏やかに応じる。

――よくわかんないけど……なにかしらの外交がいまここで行われている。しかも笑顔で丁々発止で‼

翠蘭の不得意分野の話であった。できるものなら退去したいが、まだ本題に入ってもいないので「では、このへんで失礼します」というわけにはいかない。

「それ以外にも、たとえば土木工事や、山での採掘にも使うことができる。他国が硝石のこのような使い道を知る前に、華封と夏往で硝石を採掘し、溜め込んでおかねばならぬな。硝石と火薬は、いずれ、華封国、夏往国における貿易の主軸となるだろう」

「はい。その通りでございます」

義宗帝と皇后はなにかしらの合意に達したようで、互いを見つめ、うなずきあった。

「では、火災における淑妃の罪は問うまい。とはいえ鄭安殺しの罪についてはどうしたらいいものか。秋官たちは犯人を見つけられず、ただ、小薇が犯人だという噂が後宮で流れている。それについて、昭儀はどう考えているのか？」

いきなり話を振られた。

が、翠蘭は今回、しっかりと下調べをしてきている。

「はい。所見を述べるための機会を設けてくださり、ありがとうございます。鄭安は殺されたわけではございません。病死です。ゆえに犯人はおりません」

一気に告げ、義宗帝と皇后の顔を見る。

――これが私の出した答えだ。

「病死？」

皇后があっけに取られた顔をした。

義宗帝はいつも通りのなにを考えているかさっぱり読めない微笑を浮かべていた。

翠蘭はこのために用意した書面を懐から取りだし、側についている宦官に渡す。宦官はうやうやしい仕草で書面を義宗帝のもとへ運ぶ。

「検屍官の所見です。鄭安の頭の傷と、出血量の記録にご注目ください。鄭安の頭の傷跡は小さい。血もわずかしか出ていなかった。検屍の結果を見てみても、脳損傷による即死ではありませんでした。むしろ頭部表面と脳のあいだの膜に血が溜まっていたようです。鄭安の脳を巡る血管のひとつがなにかの要素で破裂して、そのせいで鄭安は亡くなったのだと思います」

ただし検屍官はその結果を表に出さなかった。調べて所見を残し、それで終わり。死体は「物」で、調べはするが、問われない限り検屍官は検屍結果を提出しない。

今回に限り、そもそも、秋官たちは鄭安殺しの犯人を捜したがらなかった。だから検屍の結果を検討しにいった者が「翠蘭以外に」いなかった。翠蘭はその事実を尚寝官に問い合わせる列に並んで知った。

——ただし、龍の霊廟で「なにか」があったのは事実なんだと思う。

床にあった燃え跡と、煙の臭いはなんだったのか。

あの場に鄭安以外の「誰か」がいた可能性もある。

けれど、あの日なにが起きたかを翠蘭は突き止めるつもりはなかった。

翠蘭が命じられたのは鄭安殺しの犯人捜しなので。

——陛下は、誰かを守ろうとしていた。だから私に動かないようにと命じた。

翠蘭は、いまとなっては、義宗帝の「心」を信じている。

人の心ではないのかもしれないが、彼には彼なりの「龍の心」がある。

義宗帝に命じられ、こなしてきた大きな事件と解決だけがすべてではない。義宗帝が翠蘭と過ごしてきた何気ない時間の積み重ねが、翠蘭に、義宗帝にも心があることを伝えてくれた。

共に食事をした時間や、事件の狭間での他愛のない会話が、翠蘭と義宗帝とのあいだに重ねられてきた。

無駄な時間などなにひとつなかったのだ。

義宗帝の心が守ろうとしたものを、全貌が見えないまま、翠蘭も守ってみせようと願う。

──私は、陛下の神剣だから。

「検屍結果だけではございません。調べてみましたところ、鄭安が頻繁に頭痛を訴えていたという証言をあちこちで聞きました。脳のなかの血管がせき止められることで、頭痛が起きることがあると、私は、かつて老師に聞いて知っています。老師のもとを訪れる客のなかでそういう人がいらしたのです。その人は、ひどい頭痛と目眩、視力の低下で気がついて、医師を訪ねて、一命を取り留めた」

鄭安の頭痛、目眩、視力の低下については宦官や宮女たちが証言している。

「最初の頭痛のときに、鄭安は医者にかかるべきでした。いや……かかったのでしょうが、根気よく己の病と向き合おうとしなかった。もらった薬を飲み、それが効かなかったからと、相手を打ち据えてしまったものだから、鄭安の病をまともに取り合う後宮の医者がいなくなってしまった」

鄭安のことを憎んでいたので、助ける気にもならなかったのかもしれない。

それを言い出すと、鄭安のまわりにいた全員が彼を「見殺しにした」犯人になってしまうから、曖昧に濁す。

そうなったのは、すべて鄭安の行いゆえ。

鄭安自身が招いたことだ。

「……なるほど。鄭安は殺されたのではない。病死だ。ならば事件はなかったということ。

犯人などいない」

義宗帝が書面に目を通し、皇后に手渡した。

皇后は奪うように書面を手に取って、険しい顔で書面を睨む。

あやまちを見つけようとしているのか、皇后の目は上下に忙しなく動いている。が、最終的に皇后は、笑いだした。

「検屍だけがすべてではないのですが、たしかに今回は犯人がいなくてもいい。いないほうがいい。昭儀、あなたは本当に……本当に……本当に」

書面を義宗帝の手に譲り、皇后が翠蘭をまっすぐに見下ろす。

翠蘭は畏まって待ったが「本当に」の後に続く言葉は発せられずに終わった。

「昭儀、ご苦労であった。下がっていい」

義宗帝が翠蘭をねぎらい、皇后は薄い笑いを浮かべ、出ていく翠蘭を見送った。

凍える二月が過ぎ——梅が蕾を膨らませる春になる。

鄭安は病死。明鏡宮の二の宮は宮女の不手際で消失。淑妃はなんの罪にも問われず、淑妃が調合した火薬は華封と夏往の宝となった。

水月宮——。

いつものように早くに起きて鍛錬をする翠蘭のもとに雪英が白湯を手に駆けよった。

「ありがとう。どうしたのそんなに慌てて」

翠蘭は湯飲みを手にしてひとくち飲む。

「翠蘭娘娘。皇后さまがご懐妊されたそうですっ」

雪英の早口の報告に、翠蘭は笑顔で返した。

「うん。そうみたいだね。おめでたいこと」

「産み月は八月くらいのご予定だそうです。お腹が大きくなると旅が大変だから五月頃には夏往国にいかれるみたいです」

「そうなのね」

「それで……その報告をしに陛下がいらっしゃってます。娘娘に話してから、その後は淑妃さまのところに向かう予定だとおっしゃっていて、明明さんすごく怒っていて……さすがに陛下を叱りつけたりはしてないんですけど……後宮はそういうところなのはわかっているけれど、それはそれとして陛下は女心というものがわかってないって……あの」

「……わかった」

翠蘭は首にかけた長布で額の汗を拭き、白湯を飲み干し、餐房に向かった。

——まだ明明に、私がなんで傷ついちゃったかっていう話、してないんだけど。

抱きしめてもらって、慰めてもらって、それきりだ。聞いてこないから、話さなかった。

でも明明のことだから、これで「察して」しまうかもしれない。そしてまた明明の、義宗帝に対しての印象が悪くなる。

急いで走って餐房に辿りつく。

ちょうど明明が大量の食事を陛下の前に並べているところであった。卓を前にし義宗帝は神妙な顔で座っている。

駆け込んだ翠蘭を見て、

「そなたはいつも走っている」

と義宗帝が笑顔になった。

「陛下が私を走らせているんです」

「そうか」

「はい」

翠蘭が義宗帝の隣に座ると、明明が「娘娘のぶんはありません」と厳しい声で告げた。

「え⁉」

「これは全部、陛下だけのものです。ものすごい吉事をわざわざ水月宮に御自らいらして教えてくださった陛下に捧げる料理でございます。私も雪英も娘娘も食べることはかないません。ええ、かないませんとも」

どういうことかと一瞬考えてから「あ」と声をあげる。

義宗帝は毒味をする者がいないと食事ができない。義宗帝に「だけ」食事が供されると、彼は食べることができないのだ。水月宮では翠蘭が毎回、毒味役をしている。

「絶対に陛下にしか食べさせません。ええ、食べさせませんとも」

明明の怒りの滲んだ言葉に、反論できる者はその場に誰もいなかった。

いい匂いがするできたての料理が次々と卓に載せられていく。

湯気の立つ料理の皿を前にして、義宗帝は悲しい顔で黙って座っていた。

そうして——翠蘭は義宗帝と共に空腹で水月宮を出て、淑妃の暮らす明鏡宮に歩いていくことになった。

「ごめんなさい」

翠蘭は、少し先を歩く義宗帝の背中にしょんぼりと謝罪する。

「案ずるな。私は水月宮でのすべてを楽しんでいる。だが、できるものなら、次は、なにか食べさせてもらえるように願っているよ」

義宗帝の「案ずるな」も今回ばかりは弱々しい。

「はい……」

咲きかけの梅の香りが風にのって漂ってくる。あたたかな日差しがふたりの歩く道を照らしている。

「陛下。ひとつ聞きたいことがあるのです」

そう言えたのは、とても天気がよくて、のどかで、そして空腹だったからだ。

明明の怒りに耐えきれず、水月宮をほうほうのていで逃げだした自分たちは、とてつもなく仲が良くわかりあえていると思えたからだ。

これがどんな類の仲の良さであったとしても——とにかく自分たちは信じあっている。

「聞くことを許そう」

義宗帝の返事に、翠蘭は言葉を紡ぐ。

「龍の霊廟はもしかして水に関係する霊廟なのではないですか？　陛下が不思議な力をお使いになるのと同じに、龍の霊廟には水にまつわるなにかの力が作用するのではないでしょうか。陛下は龍の末裔で——龍の霊廟はなんらかの呪術がかけられた場所なのではないでしょうか」

皇后がいる坤寧宮で聞けなかったことを、いま、やっと聞けた。

義宗帝はちらりと後ろを向き「それがそなたの聞きたいことなのか」と淡く笑った。

「はい。私は龍の霊廟に入ると目眩がしました。手にしていた花瓶のなかの水も増減しました。——人の身体を巡るもののひとつに、水がある。血も、水です。あの場で倒れた鄭安は、霊廟に入る前から脳の血管に病を得ていたと思います。そこは揺らがない。けれど、鄭安に止めを刺したのは、あの場に作用する呪術なのではと思っています。ですから鄭安殺しの犯人は、龍の霊廟を設計した地相学の道士です」

「後宮と丹陽城の設計をした道士も学者も、もういない。亡くなった。彼らがここを作ったのは遙か前のことだ」

義宗帝は否定しなかった。

だから翠蘭の推理はきっと当たっているのだろう。

本当に聞きたかったこと、言いたかったことは、別だった。でも口にすることができなかった。

皇后や淑妃に覚えた悋気も、もやもやした感情も——なにもかもをまだ飲み込めず、翠蘭は義宗帝の背中だけを凝視している。

——こうやって後ろをついて歩いていることが幸福だと思える。いまは、まだ、それだけ。

「龍の霊廟にも幽鬼はいるのでしょうか。陛下はそれを祓ったのでしょうか」

ぽつりとつぶやくと、義宗帝が歩みを遅くして翠蘭の隣に並ぶ。顔を覗き込んで、心からの笑顔になった。

間近で見る笑顔に、ぱたぱたと忙しなく鼓動が脈打った。

「ひとつではなくみっつ聞いたな」

「……はい」

「鄭安の幽鬼はあの場にいたよ。そしてそなたがこの事件を〝解決〟した後に、私が祓った。どこに向かうのかは私にはわからぬが、ここではないどこかに旅立った」

「そうですか」

「他にもなにか聞きたいことがありそうな顔をしている」

花に似た、優しく、甘い匂いがした。義宗帝の髪を整えるために使われた香油だろうか。そもそも義宗帝は、ごく近くまでいかないと気づかないのだけれど、いつもなにかしら良い香りを漂わせている。

鼻腔をくすぐる花の香りに気を取られた瞬間、義宗帝の指が翠蘭の顎を軽く持ち上げた。上向かせ、くちづける。

唇が触れて、離れた。

「……っ」

息を呑み、固まる翠蘭に義宗帝がささやく。

「これくらいは許せ。そなたは私の〝唯一〟だ。皇后に子を成してもらった以上、もう私は、伽札をそなた以外に使わない。明明にもそう伝えよ」

義宗帝はそのまま前を向き、歩いていく。翠蘭は頬を染めて、ふらふらと、義宗帝の後を追いかけた。

どこをどう歩いているのか自覚もせず、ひたすら義宗帝についていき――明鏡宮で門番に訪れを告げると、宮女がすぐに走ってやって来て、義宗帝に拱手した。

「陛下に足をお運びいただき光栄に存じます。どうぞこちらに」

宮女が義宗帝の手を取ろうとしたのを、義宗帝が断った。

「いや、私は仕事がある。乾清宮に戻るよ。今日は昭儀をここに連れてきたのだ。淑妃が昭儀と話したいと、かねてよりねだっていたから」

そんな話は聞いていない。

——なに？　どういうこと？

義宗帝はいつも説明が足りない。

宮女がひとり歩み寄り、呆然とする翠蘭の手を取った。

「昭儀さまがいらしてくださるなんて嬉しい。私、ずっと昭儀さまと親しくしている、他の宮の宮女たちが羨ましかったんです。これからは御花園で昭儀さまをお見かけしたときに、声をかけてもよろしいですか？」

顔を覗き込んで甘えてくる様子は、可憐で、妖艶だ。

不思議なもので、どの宮の宮女も、面差しや立ち居振る舞いが主に似る。明鏡宮の宮女たちは、どことなく淑妃に似ているのだ。

——この宮女は、見覚えがある。たしか小魚(シャオユイ)？

淑妃に重用されていて、小薇と一緒に、淑妃と散歩をしていたのをたまに見かけた。

小薇のことを思いだし、胸がずきんと小さく痛んだ。

「小魚は嬉しいことを言ってくれるのね。もちろんですとも」

動揺しながらも翠蘭の口は勝手にそんな言葉を紡ぐのだ。明明が側にいたら「そういうところが‼」と目をつり上げることだろう。

と――。

遠くから小さくて黒い犬が駆けてくる。翠蘭に向かって吠えたて、くるくると足もとにじゃれついてまわる。

「黒、嚙みついてはだめよ。その人は私の客人よ」

犬に語りかけながら、淑妃がおっとりと花門をくぐって顔を出した。

「来てくれて、嬉しいわ。庭で話すのはまだ寒い。東廂房にお茶の用意をさせるわね」

ここまで翠蘭の手を取ってくれていた小魚は、翠蘭の手を、淑妃に差しだした。流れるように自然に、押しだされ、淑妃の手を握る。

ふたりの様子を見て、宮女たちが淑妃と翠蘭からさっと離れる。

動きからすると淑妃があらかじめそうするようにと命じていたのかもしれない。

「陛下にお願いして、あなたとお話をする機会をいただいたの。無事に来てくださって、嬉しいわ。どうしても伝えておきたいことがあって」

翠蘭の耳に唇を寄せ、淑妃が小声でささやいた。

「……あのね、小薇は、生きている」

「は？」

声を跳ね上げた翠蘭の手の甲を、淑妃が宥めるように撫でた。

「陛下にお願いして、荷物に紛れさせて、後宮の外にこっそり出してもらったの。無事よ。詳しいことは陛下から聞くといいわ」

「……陛下から」

「あなたは本当に素晴らしい働きをしてくれたの。さすが陛下の神剣ね。それでね、今後のために、ひとつだけ覚えておいて。私は嘘つきなの。これからもたくさんあなたに嘘をつくわ」

嘘つきなのと微笑まれて「そうですか」と答えるのはおかしいだろうから、返事ができない。

「でも、私には私なりの道理と義がある。私、あなたにまたひとつ借りが増えてしまったわ。ありがとう。あなたは私が失いたくないとあがいていた、私のための道理と義を救ってくれた」

なにについて言われているのか、わからなかった。

答え方もわからなかった。

それでも淑妃が翠蘭に感謝していることだけは、伝わった。

淑妃は無言の翠蘭に、艶やかな笑顔を向けた。声の高さが一段あがった。

「皇后さまのご懐妊のお祝いを、一緒に贈ることにしない？　生まれてくる子どものための衣服はどうかしら。ねぇ、その相談をいたしましょう」

その言葉を合図にしたように、宮女たちがわっと集まった。淑妃がつないでいるのと反対の腕に小魚がぶら下がる。

「昭儀さま、綺麗な布をご用意したのです。見てくださいませ」

後ろから別な宮女がしなだれかかる。

「水月宮のお菓子には劣るかもしれませんが、精一杯の焼き菓子を作ったのです。食べてください」

愛らしい宮女たちに追い立てられ――囲まれて――翠蘭は東廂房に進んだのであった。

終章

水月宮の翠蘭に夜伽の札が差しだされたのは、皇后ご懐妊の報で後宮が湧き、妃嬪たちが水晶宮に祝いの品を届け終えた後であった。

翠蘭は、包まれたくないのにと自己弁護しながら白い絹の袋に包まれ、乗りたくないのにと自己弁護しながら羊車に乗せられ、これは別に嫌じゃないんだと納得して乾清宮の奥の龍床まで運ばれた。

明明が「やっと正式に呼んでくださったんですね」と嬉しそうにしたからだと自分自身に言って聞かせるが、それだけが理由ではない。

包まれたくないし、乗りたくなかったが、龍床に足を踏み入れるのは嫌ではなかったのだ。

——嫌じゃないんだよ。

心の内側を覗くと、自分の好意がとくとくと高鳴っている。

——私、陛下に、惹かれているのよ。

義宗帝は、翠蘭をひとりで待っていた。

夜着を羽織っただけの義宗帝に、翠蘭は動揺し、棒立ちになった。足が前に進まない。

「案ずるな。今宵はそなたと話がしたいだけだ。私にもそんな夜がある。……これを羽織って、こちらにおいで」

義宗帝が苦笑を浮かべ、翠蘭のための夜着を一枚、放って寄こす。あまり近づくと、翠蘭が逃げだしかねないと懸念しているようである。

そしてその懸念は、正しい。迂闊（うかつ）に近づかれたら、翠蘭は、義宗帝をはね飛ばして逃げだすかもしれない。

翠蘭は受け取った夜着に袖を通し、前を合わせる。

「いつまで立っている。そなたが近づいてくれないと、私がそなたの側にいくことになる。それでもいいか？」

「はっ」

返事をしたら義宗帝が寝台から降りて、近づいてきた。

義宗帝が手をのばし翠蘭の腕に触れた。ぎゅっと引き寄せられ、翠蘭の身体が勝手に動いた。

義宗帝の懐に飛び込み、義宗帝の足に自分の左足をからめ、足技をかけて相手の身体を払う。義宗帝は素直に、翠蘭にされるがままに、技を決められ、受け身を取って、激しい音をさせて床に転がった。

気づけば義宗帝は床に大の字になって寝そべっていた。

「……ごめんなさいっ」

慌てて義宗帝の側に跪き謝罪する。義宗帝は天井を見上げて床に寝転がったまま笑いだした。

「案ずるな。そなたは私の〝唯一〟だ」

義宗帝は、謝罪する翠蘭の乱れた夜着に指をからめ、開いている前を合わせて優しい仕草で閉じてくれた。親が子にするように。明明が翠蘭にしてくれたように。心配そうな顔で翠蘭の顔を覗き込み、

「これだから、そなたが愛おしいのだ」

と、つぶやいた。

甘い声だった。

いまこの瞬間、義宗帝が翠蘭を気遣う気持ちは真実の愛であり、情であった。

「おもしろくて、可愛いから、そなたに飽きることがない。私を押し倒した責任を取り、

私の上に乗ることを許す」

　くすくすと笑いながら小声で言う。

「ゆ、許すって」

　許されてもと思うが、義宗帝は翠蘭の頬を愛しげに撫でながら続ける。

「もっと近くに」

　ささやかれ、翠蘭は義宗帝に覆い被さるように顔を近づける。

　頬がかっと熱く火照る。

　義宗帝は翠蘭の首に手をまわし引き寄せ、耳元に息を吹きかけ、告げた。

「どうやらこの国は呪われているらしい。その話をそなたにしたかった」

「え……っ」

「睦言（むつごと）より大切な相談だ。だからもっと近くに。私の上に重なって。そなた以外に聞かれることがないように」

　今宵はそなたと話がしたいだけだ、と、再び義宗帝が低い声で告げた。

　抱擁し、自分の身体の上に引き寄せる。義宗帝の上に重なる体勢を取らされ、翠蘭は羞恥と動揺で「ふぎゃあっ」と声をあげてしまった。

「そなたの鳴き声は多様である。毎回、愉快だ。いつか艶っぽい声をあげさせてみたいものだが——今宵はこれで許す」

熱い吐息が翠蘭の耳にかかる。

そして――義宗帝は話しだす。

「そなたが南都を歩きまわってくれたおかげで、私は、歴代龍のしるした史書や手記を読むことができた。そこで読んだものを、そなたに伝えたいのだ」

「………」

「私たちは龍の末裔であった。この国の成り立ちは呪いである。我らは宮城と華封という国に取り込まれ大きな呪詛の仕掛けとして命をつなぐ――」

長い夜が、はじまった。

主要参考文献

『東京夢華録―宋代の都市と生活』孟元老 著／入矢義高 梅原郁 訳注　東洋文庫

◆この作品はフィクションです。実在の人物、団体等には一切関係ありません。

◆本書は双葉文庫のために書き下ろされました。

双葉文庫

さ-48-05

後宮の男装妃、霊廟を守る

2024年7月13日　第1刷発行

【著者】
佐々木禎子
©Teiko Sasaki 2024
【発行者】
箕浦克史
【発行所】
株式会社双葉社
〒162-8540 東京都新宿区東五軒町3番28号
［電話］03-5261-4818(営業部)　03-5261-4831(編集部)
www.futabasha.co.jp(双葉社の書籍・コミックが買えます)
【印刷所】
中央精版印刷株式会社
【製本所】
中央精版印刷株式会社

【フォーマット・デザイン】
日下潤一

ISBN978-4-575-52770-4 C0193
Printed in Japan

後宮の男装妃、南都に惑う
[著] 佐々木禎子
Sasaki Teiko
「科挙試験の不正を正せ」。義宗帝の命により、秘密裏に後宮を抜け出し、南都で調査を行うことになった妃嬪・翠蘭。官僚の陸生の力を借りて、科挙試験合格を目指す王静という男性になりすまし、不正にかかわっていると思しき教育機関の長官に接触を試みる。南都を歩き回って調査を進める翠蘭だが、ある時、何者かに後をつけられていることに気がつく。男装妃と美形皇帝による、男女逆転中華後宮ファンタジー、大好評第四弾！

後宮の百花輪
こうきゅうのひゃっかりん
1
瀬那和章
百花輪の儀。それは華信国の五つの領地よりそれぞれの代表となる貴妃を後宮に迎え、もっとも皇帝の寵愛を受けた一人が次期皇后に選ばれる一大儀式だ。後宮に憧れる武術家の娘・明羽は、道具の声が聞こえる不思議な力と拳法を駆使し、北狼州代表の來梨姫の侍女として後宮で働き始める。美貌や知略、財力を賭した貴妃五人の戦いで、明羽は引き籠り気味の「負け皇妃」來梨を皇后の座につかせることができるのか!? 心躍る絢爛豪華な中華後宮譚、いざ開幕!

FUTABA BUNKO

後宮の百花輪 3

こうきゅうのひゃっかりん

瀬那和章

貴妃の一人が落花し、後宮の覇権をかけた百花輪の儀は熾烈を極める。後れをとる北狼州出身の芙蓉妃・來梨は、侍女の明羽を密かに北狼州に派遣し、州を統べる二大貴族に支援を頼もうとする。ただしこの二家は不仲で、一つの家にしか頼めない。どちらの家を選ぶべきか、芙蓉宮の命運は明羽に託された。一方、後宮では陰の支配者、皇太后が国の存亡に関わる陰謀を企んでいた。謀略を阻止するため貴妃たちは密かに立ち上がる！ 怒濤のシリーズ第三巻！

発行・株式会社　双葉社

FUTABA BUNKO

水晶妃・灰麗、沈黙を破り百花輪の儀に参戦！　突然の出来事に戸惑う来梨たち貴妃を前に、かつて溥天廟の巫女であった灰麗は「これから華信国に降りかかる災いについて、五つの予知を視る。そして五つ目の災いにより、この国は滅ぶ」と託宣を告げる。それを防ぐ唯一の方法は、灰麗が百花皇妃になることだという。明羽と来梨は恐ろしい予知に隠された秘密を暴き、灰麗の企みを阻止できるのか⁉　波瀾の物語はいよいよ佳境へ。シリーズ第四巻―

発行・株式会社　双葉社

FUTABA BUNKO

今宵も喫茶ドードーのキッチンで。

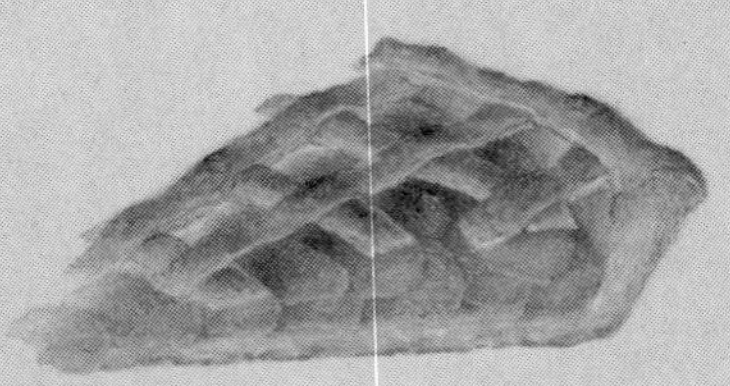

標野 凪

Nagi Shimeno

住宅地の奥でひっそりと営業している、おひとりさま専用カフェ「喫茶ドードー」。この喫茶店には、がんばっている毎日からちょっとばかり逃げ出したくなったお客さんが、ふらりと訪れる。SNSで発信される〈ていねいな暮らし〉に振り回されたり、仕事をひとりで抱え込み体調を崩したり……。目まぐるしく変わる世の中で疲れた体と強ばった心を、店主そろりの美味しい料理が優しくほぐします。心がくつろぐ連作短編集、開店。

発行・株式会社　双葉社